DROEMER

Susanne Schädlich

HERR HÜBNER UND DIE SIBIRISCHE NACHTIGALL

Roman

DROEMER

Die Arbeit der Autorin an diesem Buch
wurde gefördert durch die Stiftung Preußische Seehandlung
und das Literatur-Stipendium des Berliner Senats.

Besuchen Sie uns im Internet:
www.droemer.de

FSC
www.fsc.org
MIX
Papier aus verantwortungsvollen Quellen
FSC® C083411

Covergestaltung: NETWORK! Werbeagentur, München
Coverabbildung: © plainpicture / Millennium / Bodil Frendberg
Satz: Adobe InDesign im Verlag
Druck und Bindung: CPI books GmbH, Leck
ISBN 978-3-426-19975-6

2 4 5 3 1

Ingeborg gewidmet

Er dachte, Wenn ich weglaufe, erschießen sie mich gleich hier.

Die beiden russischen Männer in Zivil hatten ihn in die Mitte genommen. Sie liefen die Straße hinunter, an der Ecke parkte ein Wagen. Er mußte sich auf die Rückbank setzen. Die russischen Männer setzten sich links und rechts neben ihn.

Das Auto fuhr los, dahin, wo er wohnte. Die russischen Männer betraten die Wohnung mit ihm. In der Wohnung saß schon einer vom Kommissariat 5. Die Politische Polizei mit den Eltern am Tisch in der Küche.

Das Messer, mit dem seine Mutter Kartoffeln geschält hatte, lag neben Schalen auf Zeitungspapier und ungeschälten Kartoffeln. Es waren drei.

Vater und Mutter sahen ihn an, Angst in den Augen.

Stumme Sätze flogen hin und her.

Mein Junge!

Alles wird gut, Mutter.

Mein Sohn!

Vater, es wird sich aufklären.

Die russischen Männer gingen durch die Wohnung, nahmen Bücher aus dem Bücherschrank und packten sie in einen Karton, nahmen Papiere aus seinem Schreibtisch und steckten sie in eine Aktentasche. Danach kamen sie zurück in die Küche.

Sein Vater erhob sich, beide Hände auf den Tisch gestützt. Langsam, doch nicht, weil die Prothese ihm das Gehen erschwerte, ging er zum Fenster und blickte hinaus.

Als er mit den russischen Männern und dem Mann von der Politischen Polizei die Wohnung verließ, hörte er die Stimme seines Vaters, »Nun lasset alle Hoffnung fahren.«

Er mußte in den Wagen steigen, der vor der Haustür geparkt war. Die russischen Männer setzten sich wieder neben ihn, links und rechts, der eine die Aktentasche mit den Papieren auf den Knien, der andere den Karton mit den Büchern.

Der Wagen fuhr an, hinter den Gardinen des Küchenfensters sah er Vater und Mutter.

Er wußte nicht, ob er Angst haben sollte. Er hatte Angst.

Er wußte nicht, ob er gleichgültig sein sollte. Er war gleichgültig.

Die Zunge klebte am Gaumen, die Hände waren feucht, gefaltet in seinem Schoß.

Alltäglichkeiten rasten vorbei, von denen er erst viel später wissen würde, daß sie sich ihm in sein Hirn gebrannt hatten.

Er sah die Südvorstadt, das Bayerische Viertel. Zerbombte Villengegend. Baumlos fast. Er sah die Technische Universität. Das Landgericht am Münchner Platz.

Der Wagen hielt.

In lauter Sprache der Befehl: Aussteigen.

Die zwei russischen Männer in Zivil schoben ihn in das Gebäude, übergaben ihn zwei russischen Männern in Uniform, die packten ihn links und rechts am Arm. In zügigem Schritt ging es eine Treppe hinunter. Halt vor einer Tür. Er sollte die Schnürsenkel aus den Schuhen ziehen. Den Gürtel abgeben.

Der eine sagte, »Nix klopfen. Nix sprechen.«

Der andere sagte, »Nix liegen. Nix schlafen.«

Er hörte den Schlüssel im Schloß, das Verhallen von Schritten.

Er stand in einer Zelle.

Er blickte in das Licht der Glühbirne an der Decke.

Er blickte zu dem offenen Kübel.

Er dachte, Ruth wartet doch auf mich.

Er sah Strohmatten auf den Holzpritschen.

Er dachte, Es muß ein Irrtum sein.

Er sah die Blende vor dem Fenster.

Er dachte, Heute ist Dienstag, der 13. Juli 1948.

Er sah die Risse in den Wänden.

Er dachte, Morgen lassen die mich wieder gehen.

Am Morgen gaben sie ihm ein Stück Brot und einen Becher heißes Wasser.

Mittags eine Schüssel mit einer Suppe aus Wasser.

Abends nichts.

Die Glühbirne an der Decke blieb an.

Am Donnerstagmorgen gaben sie ihm ein Stück Brot und einen Becher heißes Wasser.

Mittags eine Schüssel mit einer Suppe aus Wasser.

Der Posten sagte kein Wort.

Hinlegen erst am Abend. Also lief er. Entlang den Wänden, die ihm Felsen wurden, unter der Glühbirne, die ihm die Sonne war.

Am Freitag, am 16. Juli, holten sie ihn.

Treppen hoch. Der Posten trieb ihn an, dawai, bis zu einem Zimmer. Im Zimmer ein Schreibtisch. An der Wand hinter dem Schreibtisch ein Bild von Stalin. Hinter dem Schreibtisch unter dem Bild von Stalin ein Offizier. Neben ihm, stehend, ein Mann in Zivil. An den Stirnseiten des Schreibtisches zwei in Uniform. Vor dem Tisch ein Stuhl.

Setzen. Mit dem Gesäß auf der Stuhlkante. Nicht anlehnen. Die Hände auf die Knie gestützt. Rücken gerade.

»Name?« sagte der Offizier.

Er sagte seinen Namen. Hübner. Dietrich.

Der Offizier blätterte in Papieren.

»Kleine Spion?« sagte der Offizier.

Er schüttelte den Kopf.

»Dann große Spion« sagte der Offizier.

Er schüttelte den Kopf.

»Ich bin überhaupt kein Spion.«

Von einem der Uniformierten ein Schlag ins Genick. Und noch einer. Mit der Handkante ins Gesicht.

»Also, was gemacht?« sagte der Offizier.

»Ich weiß nicht, was Sie mir vorwerfen«, sagte er.

Der in Zivil übersetzte.

»Wir werfen nicht vor, wir wollen hören, was du gemacht. Nun?«

Der Offizier zündete sich eine Zigarette an. Die anderen zündeten sich Zigaretten an. Sie rauchten und redeten Russisch. Sie tranken aus Bechern. Der Offizier zerriß das Protokoll.

Er saß, Gesäß auf der Stuhlkante, nicht anlehnen, die Hände auf die Knie gestützt, Rücken gerade.

»Also?« sagte der Offizier.

Stunden später lag er auf der Holzpritsche auf dem Rükken, die Hände auf der dünnen Decke, das Licht blieb an.

Er dachte an den Sonntag im Juni 1948, drei Tage nach der Währungsreform. Er war im Zug von Berlin nach Dresden, stand auf dem Gang am offenen Fenster. In einem Abteil saß Joachim Kraner, Geschäftsführer der Bezirksgruppe Walter Rathenau, mit anderen aus der Liberaldemokratischen Partei. Er setzte sich nicht zu ihnen. Er schloß die Augen und ließ die Landschaft im Rhythmus der Gleisschwellen mit dem Wind an sich vorbeiziehen.

Kraner trat zu ihm. Hielt ihm die offene Schachtel Zigaretten hin. Er rauchte nicht. Kraner zündete sich eine Zigarette an. Blies den Rauch durchs offene Fenster, der Wind blies ihn zurück auf den Gang.

Kraner sagte, »Ach, waren Sie auch in Berlin?«

»Ja, in der Oper. Fliegender Holländer.«

Kraner sagte, »Sie sind ein tüchtiger Mann. Ihr Vorgesetzter Täschner spricht von Ihnen in den höchsten Tönen. Ganz unter uns, ich habe jetzt einen Verbindungsmann in Schöneberg, einen Fabrikbesitzer. Er ist stellvertretender Vorsitzender der Berliner LDP/FDP. Der hat Kontakte zu den Amerikanern und den Franzosen. Die sind interessiert an Informationen. Und wir sind interessiert, diese Informationen zu liefern. Mit Täschner war ich auch schon in Berlin, bei einem französischen Oberst. Die Franzosen sind der Meinung, daß es durchaus wieder zum Krieg kommen könnte. Wir müssen etwas tun, so wie die Lage jetzt ist.«

Kraner blies Rauch.

Er wußte, daß es als Gruppe gefährlich war. Er wußte auch, es mußte etwas geschehen.

Herbert Täschner hatte ihn schon angesprochen. Hatte ihm vorgeschlagen, eine Widerstandsgruppe zu gründen. Hatte gefragt, ob er andere kenne, die an der gemeinsamen Sache interessiert seien.

Kraner warf die Zigarette aus dem Fenster.

»Ich fahre seit Januar regelmäßig nach Berlin und bringe denen wirtschaftlich, militärisch und politisch relevante Informationen.«

Er sagte »Hm.«

Einige Tage danach suchte Kraner ihn auf.

»Ich fahre nach Berlin. Wollen Sie etwas mitgeben?«

Er gab Kraner ein Päckchen für das Parteibüro in Schöneberg. Darin befand sich auch ein verschlüsselter Bericht über die wachsende Unterdrückung der Liberaldemokratischen Partei in Sachsen. Den Schlüssel hatte er mit Mischnick nach dessen Flucht aus Dresden ausgemacht.

Wolfgang Mischnick war Anfang April 1948 zu ihm gekommen und hatte gesagt, »Du mußt mir helfen.«

Er sagte, »Gut, was soll ich tun?«

Sie packten Papiere in Koffer, Parteiinformationen, persönliche Unterlagen.

Er fuhr mit den Koffern von der Altstadt in die Neustadt. Er sah aus dem Fenster der Straßenbahn. Er setzte sich nicht. Auf Trümmerbergen spielten Jungen. Auf Trümmerbergen spielten Mädchen. Mädchen und Jungen von Frauen, die Trümmer in Schubkarren luden. Eine Frau lud keine Trümmer in eine Schubkarre, sie stand auf einem Trümmerberg, ihr Rock wehte leicht im Wind. Ein Mann hatte einen Fotoapparat. Sie lächelte.

Die Straßenbahn hielt auf dem Vorplatz des Bahnhofs.

Er stieg aus, blickte sich nicht um, sondern ging, vorbei an einem Stand, an dem Kartoffeln verkauft wurden, davor zwei ältere Frauen mit Einkaufsbeuteln, zügig zum Gleis.

Er wartete auf den Zug nach Berlin und starrte auf das Blatt, das vor ihm auf dem Boden lag. Ein einzelnes grünes Blatt, von dem er sich fragte, welcher Baum es in welcher Ferne verloren hatte.

Ob der Zug pünktlich sein würde, war ungewiß. Vom Dampf einer Lokomotive war noch nichts zu sehen. Vielleicht verlor er sich im Morgennebel.

Der Bahnsteig füllte sich mit Menschen. Seinen Freund, dem er an diesem Tag bei der Flucht helfen sollte, sah er nirgends.

Er blickte zur Seite, nicht suchend, sondern beobachtend, interessiert oder gelangweilt, so als vertriebe er sich die Zeit, während er wartete wie ein normaler Reisender, ein Urlaubsreisender mit zwei Koffern, sollte er tatsächlich beobachtet werden.

Irgendwo auf dem Bahnsteig zwischen den Frauen mit Kopftüchern und den hemdsärmeligen Männern oder Männern in Anzügen oder Arbeitskleidung wartete auch Mischnick, begleitet von seiner Sekretärin.

Irgendwo zwischen den Frauen und Männern warteten der Vater der Sekretärin und ein zweiter Freund. Sie sollten zwei Plätze im Abteil besetzen.

Mischnick und die Sekretärin sollten getrennt einsteigen, kurz vor der Abfahrt des Zuges. Sobald sie eingestiegen waren, sollten der Vater der Sekretärin und der Freund wieder aussteigen. So war die Verabredung.

Er sollte in einem anderen Abteil Platz nehmen. Er sollte mitfahren, um sicherzugehen, daß alles gutging.

Die Zugfahrt wurde ihm lang. Gerne hätte er sich zum Freund und der Sekretärin gesetzt. Gerne hätte er geredet.

Sie redeten erst in Berlin, als sie sich zu dritt mit Koffern und Taschen zu einem Hotel begaben. Im Hotel verabschiedeten sie sich, und er fuhr nach Dresden zurück.

Kurze Zeit danach sagte Täschner, »Mischnick hat seine Austrittserklärung aus der Stadtverordnetenfraktion nicht abgegeben. Der LDP geht dadurch ein Mandat verloren. Beschaffen Sie die Austrittserklärung.«

Er fuhr nach Berlin. Mischnick sagte, »Ich habe sie abgegeben.« Und gab ihm den Durchschlag.

Sie fragten sich nicht, ob es eine Falle war.

Am Dienstag vor drei Tagen, am 13. Juli, war er wie immer in die Dienststelle gekommen. Er hatte Täschner begrüßt, wie man einen Vorgesetzten begrüßt.

Täschner grüßte nicht zurück.

Täschner sagte, »Der Kraner ist gestern verhaftet worden und andere auch. Ich muß zur Sowjetischen Militär-Kommandantur, sehen, was da los ist. Hübner, Sie sind jetzt mein Stellvertreter. Setzen Sie sich an meinen Schreibtisch, telefonieren Sie und finden Sie heraus, wer verhaftet worden ist. Machen Sie eine Liste.«

Nach zwei Stunden kam Täschner zurück.

Er gab ihm die Liste.

Fünf Minuten später kam die Sekretärin zu ihm und sagte, »Da sind zwei russische Herren, die möchten Sie sprechen.«

»Ja bitte?«

»Name?«

»Hübner. Dietrich.«

»Wir bitten Sie mitzukommen.« Ganz höflich.

Als die Stunde heran war, ab der er sich hinlegen durfte, holten sie ihn.

Der Offizier sagte etwas auf Russisch.

»Du weißt, wo du bist? Da, wo Goebbels sagt, GPU«, übersetzte der in Zivil.

»Gossudarstwennoje Polititscheskoje Uprawlenije«, sagte der Offizier.

Der in Zivil sagte, »Politische Büro.«

Die beiden Uniformierten lachten.

Er dachte, Tscheka, Lubjanka, Sibirien, Tod.

Er saß auf der Stuhlkante, fing an zu zittern.

Einer stieß ihn herunter, schlug, trat, erst in den Bauch, danach, weil er sich krümmte, in den Rücken.

»Cheute reden«, sagte der Offizier.

Er dachte, Ihr bekommt mich nicht dazu.

Die russischen Stimmen hörte er nicht mehr. Er war auch nicht mehr in diesem Raum.

Er organisierte Tanzveranstaltungen und Theaterabende. Die brachten Geld in die Parteikasse. Das sprach sich herum bis zum Bezirksverband, bis zum Landesverband. Mischnick, der ein paar Jahre älter war als er, von dem er viel lernte und der sein Freund wurde, hörte davon. Durch ihn war er in den Landesausschuß für Jugend und Nachwuchsfragen gekommen. Im Ausschuß hatten sie eine eigene Verfassung für Sachsen diskutiert. Gegen Ausschüsse für Jugend und Nachwuchsfragen konnten die Russen nichts haben. Es war eine Hintertür.

Er war im Kurhaus in Bühlau, auf dem Landesvertretertag der LDP 1946. Viele junge Parteimitglieder waren gekommen, weil es Schwierigkeiten mit der SED und der Sowjetischen Militäradministration gab. Das Zimmer war verraucht. Die Stimmen redeten durcheinander. Einer fragte, »Wie ist das mit dem Schutz der Funktionäre, die werden verhaftet, reihenweise.«

Mischnick sagte, »Man wirft den Liberalen vor, daß sie in der Nazizeit ihre Idee nicht bis aufs Schafott verteidigten. Das wollen wir uns nicht ein zweites Mal nachsagen lassen.«

Landtagswahlen im Oktober. Für die Druckfreigabe der Wahlplakate schrieb Mischnick hinter den Punkt eine Null zuviel: 10.0000 statt 10.000. Der russische Kontrolloffizier schrieb die Zahl ohne Punkt ab und bewilligte nicht zehntausend, sondern einhunderttausend Plakate. Die Liberalen holten bei den letzten freien Wahlen 24,6 Prozent der Stimmen und wurden zweitstärkste Partei hinter der SED.

Er war in Eisenach. Sommer 1947. Parteitag mit Vertretern aus dem Westen. Auch Theodor Heuss. Der sagte, »Es reicht nicht, daß man eine Reinigungsanstalt herbeiholt und die braune Farbe abputzen läßt, um eine andere Farbe aus bereitgestellten Kübeln aufzuschmieren.«

Sie hielten Kontakt zu den westlichen Jugendlichen. Er fuhr nach Berlin, übernachtete bei einer Tante in Kreuzberg. Ging in Schöneberg ins Büro der FDP/LDP. Nahm Zeitungen und politische Schriften mit zurück nach Dresden und verteilte sie an Parteifreunde.

Sie waren jung und träumten von Freiheit und Demokratie nach all den Jahren.

Im Raum brannte der Kanonenofen. Sie ließen ihn schmoren und aßen Tomaten und tranken Bier. Sie ließen sich Zeit.

Er gab das zu, was sie wußten und von dem er nichts wußte. Er gab zu, weil er nicht wußte, was mit Roland, seinem Bruder, war.

Er dachte, Vielleicht kann ich ihn schützen.

Der Offizier rauchte. Der Offizier lachte. Der Offizier sagte, »Abführen.«

Am Tag, wenn er nicht liegen durfte, lief er. Über Berge und durch Täler.

In der Nacht, wenn er hätte liegen dürfen, holten sie ihn, um eins oder um vier.

Nach vierzehn solchen Tagen hielt er seinen Hosenbund, wenn er vor dem Posten herlief, dawai, zum Verhör.

Nach vierzehn solchen Tagen sollte er sich nicht setzen, sondern stehen, mitten im Raum, Hände an der Hosennaht.

Der Offizier sagte etwas auf Russisch. Der in Zivil übersetzte, »Gjund Gjübner, jetzt lese ich Protokoll vor.«

Der Offizier las auf russisch. Der in Zivil übersetzte die Aussagen von einem Mann, den er kannte. Kraner.

»Gjund Gjübner, erkennst du das an? Antworte.«

Er schüttelte den Kopf.

»Willst du Gegenüberstellung?«

Er dachte, Dann wird es noch schlimmer.

Er sagte, »Nein.«

Der in Zivil sagte, »Unterschreib Protokoll.«

Er sagte, »Ich unterschreibe nicht. Das ist auf russisch.«

Schlag auf den Hinterkopf.

Schläge in den Rücken.

Schlag ins Genick, daß er zusammensackte.

Er kniete am Boden.

Tritte in die Nieren.

Das Zimmer wurde schwarz.

Der in Zivil sagte, »Wir können auch totschlagen, und wir haben Zeit.«

Er dachte, Mischnick. Der hatte gesagt, er werde erpreßt. Er solle die jungen Mitglieder der Liberaldemokratischen Partei überzeugen, in der Freien Deutschen Jugend mitzuarbeiten. Im Gegenzug ein Posten. Ein Studium. Mischnick hatte gesagt, das widerspreche seiner Überzeugung.

Nachdem Mischnick das gesagt hatte, standen Männer vor seinem Haus. Der sowjetische Kontrolloffizier für die Liberaldemokratische Partei hatte gedroht, Mischnick werde wie die Kriegsverbrecher in Nürnberg am Galgen enden.

Bald danach war Mischnick zu ihm gekommen und hatte gesagt, »Du mußt mir helfen.«

Er dachte, Bevor sie mich totschlagen, unterschreibe ich.

Am Morgen gaben sie ihm dreihundert Gramm Brot, einen Klecks Marmelade, eine Handvoll Zucker und Tee. Mittags Wassersuppe mit Graupen. Es waren fünf. Von dem Tag an hat er sie gezählt.

Abends blieb die Tür zu.

Am Tag darauf dreihundert Gramm Brot und etwas Zucker. Mittags Sauerkrautsuppe. Das Wasser schlürfte er weg, bis das Dicke da war. Manchmal waren es drei Löffel.

Auschwitzverpflegung, dachte er.

Drei Wochen nachdem er unterschrieben hatte, wurde die Zellentür geöffnet.

Raustreten, Gesicht zur Wand.

Er bekam Angst. Er hatte einiges gehört. Auch Schüsse.

In der Mitte des Kreuzbaus, auf einer freistehenden Kanzel, zu der Eisenbrücken führten, stand einer mit einem Gewehr.

Vom Mittelbau gingen die Zellen ab. Im Mittelbau durfte er gehen. Im Mittelbau stank es.

An die frische Luft kam er nach einem Vierteljahr.

Alle vierzehn Tage von da an.

Um eine Stimme zu hören, sprach er mit sich selbst. Manchmal dachte er in Versen. Denn wie ein Grabgemach türmt sich die Wand um dich, Der lebend du ein Toter bist.

Er schlug mit den Fäusten gegen die Wand. Zerschlug sie fast am Stein und dachte, Kein Stein stöhnt auf und keine Wand

zerspringt
Und aus der Grube deines Herzens dringt
Ein Schrei
Doch tote Wände
Hörn kein Schrein.

Nachdem jemand geklopft hatte, klopfte er zurück. Wenn er nach oben oder unten klopfte, nahm er einen Gegenstand. Er durfte sich nicht erwischen lassen. Ließ er sich erwischen, nähmen sie den Strohsack raus, das wenige, das es zu essen gab, würde noch weniger.

Wasser zum Waschen gab es, wenn eine Schüssel gegeben wurde. Niemals ein Buch.

Dann ein Mann.

Er dachte, Der erste Mensch nach einem halben Jahr.

Aurich war Meteorologe. Aurich erzählte von Wetterstationen in den Bergen, wo er den Wind gemessen hatte, erzählte vom Regen.

Er erzählte von Norwegen.

Sie erzählten sich die Weite des Blicks. Aurich vom Gipfel eines Berges über Täler, er über Fjorde und das Meer.

Zu zweit spielten sie Theater, *Der Raub der Sabinerinnen*.

Wenige Wochen lang teilten sie miteinander. Den Platz, das Brot, den Kübel.

Klopapier gab es keins. Einmal zerschnittene Seiten von einem Telefonbuch. Er lernte die Vornamen und Nachnamen auswendig. Die Namen bekamen Gesichter.

Einige Wochen war er zusammen mit Hempel und Krüger. Hempel war Posaunist. Hempel betete. Für seine Frau, die auch verhaftet worden war, und für seine sechs Kinder.

Krüger war bei Otto Skorzeny gewesen, der das SS-Kommando zur Befreiung des gestürzten italienischen Diktators im September 1943 geführt hatte. Deckname der Operation war Eiche. Krüger war Eichenlaubträger.

Zu dritt froren sie, wollten sie nur schlafen. Aber Liegen am Tage war verboten. Also saßen zwei. Der dritte stand an der Zellentür. Manchmal schlichen die Posten auf Socken heran. Der an der Tür gab den anderen ein Zeichen, und sie fingen an zu murmeln, damit die Posten denken konnten, sie unterhielten sich. So schliefen sie reihum im Sitzen. Krüger, Hempel und er.

Krüger bekam einen Furunkel an der Oberlippe.

Er Phlegmone. Er bekam Fieber. Die Ärztin war eine Hebamme. Sie nannten sie Filzlaus-Paula.

Filzlaus-Paula sagte, »Meine Apotheke kleine Apotheke. Ich habe keine Medizin.«

Krügers Fieber war höher. Er tupfte von dem bißchen Wasser, das sie hatten, Krügers Stirn ab und gab ihm zu trinken.

Nicht Krüger, sondern er muß den Eindruck gemacht haben, als ob er bald hinüberginge. Halb tot bekam er für ein paar Tage Sonderverpflegung. Ein Stück Fleisch, Kartoffelbrei, extra Brot. Er teilte. An einem Tag kriegte der eine das Fleisch, am nächsten der andere den Kartoffelbrei. So ging das reihum. Krüger, Hempel und er.

In der Nebenzelle waren Frauen. Sie nannten sie Mädchen. Sie hatten bessere Verpflegung, weil sie Frauen waren. Wenn die Frauen zum Waschen gehen durften, versteckten sie für die Männer zwei Kulen Brot in einem Loch in der Wand. Eine Kule, das waren dreihundert Gramm.

Manchmal hörte er die Frauen weinen. Wenn er die Frauen weinen hörte, wollte er nur noch zu Ruth.

Einmal hörte er eine der Frauen singen. Es war wie ein Traum.

Eine der Frauen hieß Mara. Mara Jakisch, hatte sie geklopft.

Die Operettensängerin. Er hatte sie auf der Bühne gesehen. Zierlich. Brünett. Welliges Haar. Die Augen blau. Die Augenbrauen geschwungen. Lippen rot geschminkt. Ein Engelsgesicht.

Mara wollte eigentlich Pianistin werden. Vater und Mutter Jakisch zögerten, sie waren einfache Leute. Weil sie aber ihrer Tochter keinen Wunsch abschlagen konnten, sparte der Vater, und die Mutter haushaltete strenger. Sie kauften ein Klavier, stellten es in die Dresdner Wohnstube und ermöglichten den Klavierunterricht. Mara hatte Talent. Die Eltern fragten sich, woher sie es wohl habe.

Wenn Vater und Mutter an die Zukunft ihrer Tochter dachten, wäre besonders für Vater Jakisch ein handfester Beruf beruhigender gewesen.

Bei einem Schulauftritt, Mara war vierzehn, hörte ein Kundiger sie singen. Er schlug Umsatteln vor. Also verzichtete Mara auf den Klavierunterricht und studierte Gesang.

Das erste Engagement fand sie am Opernhaus in Bautzen. Mara war gerade achtzehn. Gefallen an tragischen Rollen fand sie nicht. Sie wollte das Publikum amüsieren.

Sie packte einen Koffer und sang an Theatern und Operettenhäusern vor. Rückschläge entmutigten sie nicht.

Vater und Mutter Jakisch schwiegen in Sorge, wenn die Tochter nach Dresden zurückkehrte und sagte, »Beim nächsten Mal klappt es bestimmt.«

So war es.

Am Mellini-Theater in Hannover. Dort stieg sie zur ersten Soubrette auf und von Bühne zu Bühne zum Stern am deutschen Operettenhimmel. Sie brillierte in *Gräfin Mariza,* in *Das weiße Rößl,* in *Gigi.*

Von Hannover ging sie nach Chemnitz. Auch da ein festes Engagement.

Vater und Mutter Jakisch staunten. Sie waren stolz auf ihr einziges Kind. Sie fieberten mit, fuhren zu Vorstellungen. Wenn Mara keine Verpflichtungen hatte, fuhr sie nach Dresden zu den geliebten Eltern.

Mara liebte das Leben. Das Abenteuer. Die Herausforderung.

1934 stand sie am Bahnhof in Chemnitz. Sie hatte lange überlegt. Die gesicherte Bühnenlaufbahn aufgeben und den Lockungen des Films folgen? Der Ruhm Hans Söhnkers, ihres einstigen Partners, beflügelte sie.

Vater und Mutter Jakisch glaubten ihren Augen kaum, als sie die Tochter schon 1934 in *Der letzte Walzer* als Schaschinka neben Camilla Horn und Adele Sandrock auf der Leinwand sahen. Ein Jahr später stand Mara zusammen mit Paul Kemp, Fita Benkhoff und auch wieder mit Adele Sandrock in *Der schüchterne Casanova* vor der Kamera. Eine kleine Rolle nur, aber immerhin. 1936 feierte sie mit den Filmen *Der lustige Witwenball,* Regie Alwin Elling, in dem sie die Anni spielte, Ida Wüst die Frau Krüger und Paul Henckels den Direktor König, und in *Hummel-Hummel,* erneut in der Regie von Alwin Elling und wieder an der Seite von Paul Henckels, ihre ersten großen Erfolge.

Der Bühne blieb sie dennoch treu. Im Großen Schauspielhaus, seit 1933 Theater des Volkes, sang sie ab 1936 als erste Soubrette. 1937 in die *Göttin der Vernunft* von Johann Strauß.

Mara konnte glücklicher nicht sein.

Und dann begegnete sie ihm. Bei den Proben zu *Der Bettelstudent.* Seine Stimme kannte sie schon. Für den Film *Es geht um mein Leben* in der Regie von Richard Eichberg, in dem Mara mit Theo Lingen gespielt hatte, sang er die Titelmelodie.

Beinahe täglich standen sie nun als Liebespaar auf der Bühne. Mara lernte Erwin Hartung kennen.

Er stammte aus Wilkowo in Polen. Sein Abitur hatte er 1918 in Bromberg gemacht. Danach zog es ihn ans Theater. Er trat in den Haller Revuen im Admiralspalast auf, war Schauspieler und Sänger. Einer der gefragtesten. Er sang auch »Heil Deutschland«, »Am Adolf-Hitler-Platz steht eine junge Eiche« und den Hitlerjugendmarsch »Unsre Fahne flattert uns voran«.

Arisch-evangelisch war er gleich 1933 bis ins dritte Glied. So schrieb er es in den Antrag auf Mitgliedschaft in die Reichsfachschaft Film in die Rubrik ›Rassische Abstammung‹.

Mara dachte daran nicht.

Mara dachte daran, ihn so oft wie möglich zu sehen. Erwin, der schön war und ein strahlendes Lächeln hatte und ihr Herz gefangennahm, mit dem sie zusammen in Robert Stolzes *Himmelblaue Träume* im Theater des Volkes sang und Zukunftspläne schmiedete.

Am 4. Januar 1939 sagten Mara und Erwin auf dem Standesamt in Berlin-Zehlendorf einander das Ja.

Vater und Mutter Jakisch waren dagegen. Sie hielten ihren Schwiegersohn für einen Bonvivant.

Mara wollte das nicht hören.

Auf das Hochzeitsfoto würde sie eines Tages schreiben, »Sieht glücklich aus, später viele Tränen.«

Im Oktober 1939 kam der heißersehnte Sohn zur Welt. Sie gaben ihm den Namen Götz.

Erwin machte weiter Plattenaufnahmen, eine nach der anderen, sang im Rundfunk, Mara bald wieder auf der Bühne. In *Der Vogelhändler* von Karl Zeller. Unter der Leitung von Paul Lincke in *Im Reiche der Indra*. In Nico Dostals *Extrablätter*. Als erste Soubrette in Franz Léhars *Graf von Luxemburg*.

Mara in Dresden, in Essen, in Bochum.

Einmal vor Hitler. Sie wurde abgeholt in einem großen schwarzen Wagen, wurde vorgefahren. Stieg aus. Wurde hineinbegleitet, wurde begrüßt, wurde gebeten.

Mara war nervös.

Die Herren saßen im Kreis.

Mara sang.

Danach sagte sie, »Nie wieder.«

Mara und Erwin wohnten in Wilmersdorf. In einem Haus mit Garten und Gärtner, Kindermädchen und Hund. Feste gab es und immer wieder Feste. Bei sich und bei anderen. Mara und Erwin kannten die Prominenz. Die Prominenz kannte Mara und Erwin. Täglich fuhr Mara zum Friseur, täglich zur Maniküre. Mara fand, es sei ein göttliches Leben.

Sie gingen auch auf Tournee.

Am 2. Juli 1940 schrieben Mara und Erwin an die Reichsfilmkammer:

»Eben werden uns aus unserer Berliner Wohnung 2 Fragebögen nachgesandt, die wir Ihnen umgehend ausgefüllt zurücksenden. Wir sind zur Zeit auf einer Wehrmachtstournee durch Dänemark, auf welcher wir unsere Berlin-Post nur unregelmäßig durch Feldpost nachgesandt erhalten, daher die Verzögerung.

Heil Hitler,

Mara Jakisch und Erwin Hartung.«

1941 war Mara in Frankreich. Natürlich auch in Paris. Die Ausstellung »Le Juif et la France« besuchte sie nicht. Sie schlenderte über die Champs Elysees. Mara sah nicht, daß das Essen knapp war. Sie aß im Hotel. Sie sah nicht, daß das Benzin knapp war. Sie hatte einen Fahrer. Sah nicht, daß es Verhaftungen gab.

Nach Paris stand sie wieder in Berlin auf der Bühne, machte Plattenaufnahmen. Erwin und sie waren manchmal noch glücklich.

1944 wurde Erwin Soldat. Die Trennung zerriß Mara das Herz.

Das Berliner Zuhause, den Flügel, die Bibliothek, die Möbel, die Kleider, das Spielzeug von Götz, den Garten zerstörten Bomben. Mara zog mit ihrem Sohn zur geliebten Mutter nach Dresden. Der geliebte Vater war tot.

In den Bombennächten saßen Mara, Mutter und Götz in einem Keller und ersehnten das Ende des Krieges. Als es kam, kehrte Erwin zurück. Aber nicht zu Mara. Er blieb in Berlin, 1946 wurde die Ehe geschieden.

Mara stürzte sich in Arbeit. Tingelte von Bühne zu Bühne. Wenn sie sang, war das Leben schön, auch im Herbst 1946, als sie in Berlin im Theater am Nollendorfplatz und in der Skala auftrat. Die Skala war im russischen Sektor.

An einem Abend, während der Pause, meldete sich in

der Garderobe eine Dame. Die Dame war eine Freundin aus früheren Zeiten und lud Mara zu sich nach Hause ein in den amerikanischen Sektor, zu einer Abendgesellschaft. Der Mann der Freundin war Angestellter bei den amerikanischen Behörden. Die Gäste Deutsche, Amerikaner, Franzosen. Mara trank Champagner, tanzte und staunte über den Luxus. Es wurde ein vergnüglicher Abend.

Die Freundin und Mara sahen sich noch zweimal, dann kehrte Mara nach Dresden zurück.

Am Abend des 14. Januar 1947, es war ein Sonntag, sang sie die Hauptrolle in *Himmelblaue Träume.*

Nach der Vorstellung rief eine Kollegin, »Draußen stehen Russen.«

Mara kam kein Gedanke an Berlin.

Zusammen mit ihrer Mutter trat sie in eine eiskalte Winternacht.

»Stoi.«

Soldaten umstellten sie. Eine Hand faßte zu. Mutter und Tochter mußten in einen Wagen steigen. Der Wagen raste in Richtung Weißer Hirsch.

In der Bautzener Landstraße, im ehemaligen Hotel Heidehof, war der Sitz des NKWD. Das wußte Mara Jakisch nicht und auch nicht die Mutter.

Dorthin wurden sie gefahren. Dort wurden sie voneinander getrennt.

Nachts um drei wurde Mara von einem Offizier verhört. Der Offizier sprach deutsch. Der Offizier war sehr freundlich. Er bot ihr Tee und Zigaretten an. Beiläufig erwähnte er die Freundin in Berlin.

Der Offizier sagte, »Sagen Sie, was Sie wissen.«

Mara sagte, was sie wußte. Viel war es nicht.

Der Offizier sagte, »In drei Tagen sind Sie wieder zu Hause.«

Nach drei Tagen vom Offizier weder Tee noch Zigaretten. Der Offizier wollte Namen wissen.

Mara konnte sich an keine erinnern.

Nach drei weiteren Tagen in einem Wagen zum Landgericht am Münchner Platz.

Aufrecht mußte sie in der Zelle sitzen. Auf einem Schemel. Die Wachen kontrollierten scharf. An den Nachmittagen Verhör. Immer dann, wenn die Suppe aus Kohlstrünken ausgeteilt wurde.

Nachts erst zurück in die Zelle. Wochenlang.

Werner und Christa beteten Tag für Tag für ihren Sohn, von dem sie, seit die russischen Männer mit ihm in das Auto gestiegen und fortgefahren waren, nichts mehr gehört hatten.

Manchmal beteten sie zusammen mit Ruth.

Ruth weinte.

Christa tröstete sie.

Werner war schweigsam.

Sie wußten nichts.

Niemand wußte etwas.

Nicht einmal Roland fand Antworten.

Roland, wie sein jüngerer Bruder Dietrich Mitglied in der Liberaldemokratischen Partei, Geschäftsführer der Stadtgruppe Friedrich Naumann, mußte jetzt vorsichtig sein.

Christa und Werner bangten auch um ihn.

Als es im Rundfunk hieß, Zivilinternierte hätten das Recht, von ihren Angehörigen Post zu erhalten, schrieb Werner am 19. November 1948 einen Brief an die Staatsanwaltschaft Landgericht Dresden.

»Mein Sohn Dietrich wurde am 13. 7. 48 von der SMA verhaftet. Gründe hierfür wurden uns nicht bekanntgegeben.

Seit diesem Tage fehlt uns jedes Lebenszeichen von ihm.

Da er nur mit leichter Sommerkleidung versehen und er gesundheitlich nicht besonders kräftig ist, machen meine Frau und ich uns besondere Sorge um ihn.

Wie mir mitgeteilt wurde, soll durch die deutsche Staatsanwaltschaft die Möglichkeit gegeben sein, Auskunft über die Zivilinternierten zu erhalten, vor allem darüber, wo unser Sohn sich überhaupt befindet.

Gegebenenfalls bitte ich um gefällige Weiterleitung meines höflichen Bittgesuchs an die zuständige Stelle.

Mit dem besten Dank im voraus, zeichne ich hochachtungsvoll Werner Hübner.«

Eine Antwort erhielten Werner und Christa nicht.

Weihnachten und Silvester verbrachten sie zu zweit.

Ruth war bei ihren Eltern.

Roland war in Berlin, konnte nicht zurück nach Dresden.

Am 1. Januar kam Ruth zum Kaffee.

Es wurde Frühling.

Zu Ostern nahm Ruth die Schwiegereltern in spe mit hinaus aufs Land auf eine Wiese. Sie aßen Eier und Brot und Äpfel. Sie tranken Bier.

Zum Geburtstag ihres jüngeren Sohnes stellte Christa Vergißmeinnicht in die Wohnung.

Am 24. Mai 1949 legte Werner Hübner einen Brief auf den Küchentisch:

»Mein lieber Dietrich, Mutti und ich sind nach Berlin gefahren, um Muttis Geburtstag bei Roland zu begehen.

Wenn, was zwar nicht wahrscheinlich ist, aber doch in den Bereich der Möglichkeit gerechnet werden kann, Du während unserer Abwesenheit zurückkehren solltest, bitten wir Dich, sofort nach Berlin nachzukommen. Roland wohnt im Hause von Tante Wanda, eine Treppe höher.

Beiliegendes Geld möge Dir zur Reise dienen. Wir werden Freitag wieder hier sein. Fahrt nach Berlin ist zulassungsfrei.

Du mußt bis Schles. Bahnhof durchfahren. Von dort ist es nicht allzuweit bis zum Moritzplatz resp. Prinzessinnenstraße 28.

Für alle Fälle lege ich Dir eine Bescheinigung für eine ev. Zulassungskarte bei.

Wir gedenken Deiner und hoffen, daß Du an Leib und Seele gesund sein mögest. Unsere dauernden Gebete für Dich begleiten Dich.

Alles weitere mündlich.

In Berlin ist auf den S-Bahn-Strecken im westl. Sektor Eisenbahnerstreik, daher mußt Du ev. versuchen, vom Schles. Bahnhof bis Moritzplatz zu Fuß zu gehen. Die Entfernung ist etwa 2 km.

Mit herzlichstem Wunsche für Dich, mit herzlichsten Grüßen und Küssen,

Dein Vatichen und Mutti.«

Nach der Reise legte Werner den Brief in einen Karton.

Nach der Reise ging Werner weiter arbeiten.

Christa besorgte den Haushalt.

Abends hatten sie nur sich.

Sie gingen nie zu spät zu Bett.

Zwei Monate nach Gründung der DDR las Werner in der Zeitung, daß die von Russen Inhaftierten an die deutsche Polizei übergeben würden.

Werner und Christa Hübner durften wieder hoffen.

An diesem Morgen ging Werner guter Dinge in die Ortskrankenkasse. Er erfuhr, daß er bei Aufbesserung des Gehalts fortan sechzehn Apotheken im Kreis Dresden kontrollieren sollte.

Am Nachmittag ging er noch besserer Dinge nach Hause. Am Postplatz sprang er auf die Straßenbahn auf. Ein Polizist pfiff und stellte eine gebührenpflichtige Verwarnung aus.

Werner zog die Brieftasche. Als er drei Mark herausziehen wollte, brach er zusammen und stand nicht mehr auf.

Die Quittung war ausgestellt auf den 3. Dezember 1949.

Zwei Posten mit Gewehren trieben ihn, dawai, durch Gänge und über Treppen bis vor einen Raum. Er mußte eintreten.

Es war ein Raum mit hohen Fenstern.

Vor den Fenstern ein langer Tisch.

Auf dem Tisch eine rote Fahne.

Hinter dem Tisch drei Stühle.

An der Wand ein Bild von Stalin.

Er sah Posten mit Gewehren.

Vor dem langen Tisch Stuhlreihen.

Er sah sieben Männer, von denen er drei kaum wiedererkannte.

Joachim Kraner, Heinz Aurich und Wolfgang Espig.

Mit Wolfgang war er befreundet. Der war einen Tag vor ihm verhaftet worden und hatte schon zweimal versucht, sich in diesem Gefängnis die Pulsadern aufzuschneiden.

Manch einer schluckte ein abgebrochenes Messer.

Er sollte sich zu den anderen setzen.

Drei hochrangige Uniformierte traten ein. Nahmen Platz hinter dem langen Tisch. Ein Richter, der kein Richter war, sondern ein Offizier der russischen Armee, ein Beisitzer, ein Dolmetscher.

Der Fall hieß Kraner.

Sie alle, die sie vor dem Richter standen, der keiner war, waren Mitglieder der Liberaldemokratischen Partei.

Jeder einzelne wurde gefragt, schuldig oder nicht schuldig.

Er sagte, »Nicht schuldig.«

Kraner sagte, »Warum ist Täschner nicht hier? Ich war mit ihm in Berlin. Ich habe ihm die Namen der Gruppe gegeben, weil ich aufhören wollte.«

Der Dolmetscher übersetzte.

Der Richter blätterte in den Akten.

Darin konnte er lesen, daß Täschner im April 1948 angeworben und zur Bearbeitung von Operativen Vorgängen eingesetzt wurde, da er mit einem großen Personenkreis, der bearbeitet wurde, Verbindung unterhielt. Zwei der Vorgänge wurden vor kurzem in Dresden liquidiert.

Der Richter, blond, blauäugig, schmale Lippen, nickte.

Der Dolmetscher übersetzte, was der Richter sagte, »Täschner hat sich sowjetischer Justiz durch Flucht entzogen.«

Er dachte, Ich glaube kein Wort. Und: Ich gehörte nicht zu Kraners Gruppe. Ich habe mir nichts zuschulden kommen lassen. Sie haben nichts gegen mich in der Hand.

Worte gingen hin und her. Aufgeregt. Drohend. Rechtfertigend.

Sinnlos, dachte er.

Es war keine Verhandlung. Es war ein Tribunal. Von vormittags bis weit nach Mitternacht.

Er sah die von Kraner an Täschner übergebenen Unterlagen. Er sah interne Parteimitteilungen, Protokolle von Stadtverordnetenversammlungen aus seinem Schreibtisch.

Er hörte einen Zeugen, der über die Zusammenarbeit mit Kraner aussagte.

Er hörte Kraner sagen, »Hübner habe ich einmal im Zug getroffen. Er kam aus Berlin. Später, ich fuhr nach Berlin, hat er mir ein Päckchen mitgegeben. Das habe ich geöffnet. Was ich brauchen konnte, habe ich behalten. Auch den chiffrierten Text, den ich entschlüsselt habe.«

Der Dolmetscher übersetzte.

Der Richter nickte.

Der Beisitzer schrieb.

Er dachte, Ich will nicht wissen, was der denen noch alles erzählt hat.

Er dachte, Von Täschner wußte Kraner bestimmt von meiner Verbindung zu Mischnick.

Er dachte, Täschner rannte fast jeden Tag zur SMA, und Kraner hat ein loses Mundwerk.

Um 1. 30 Uhr durfte jeder der Angeklagten ein Schlußwort sprechen.

Wolfgang schwieg.

Er sagte, »Ich komme aus der Nazizeit, wir haben mit dem System gebrochen und den Verbrechen, die begangen worden sind. Wir wollen einen neuen demokratischen Staat aufbauen und erleben genau das gleiche wie ein paar Jahre zuvor. Leute werden verhaftet, verschwinden von der Bildfläche, kein Mensch weiß, wo sie sind.«

Die Beschuldigten wurden in ein Nebenzimmer geführt. Nur von einem Posten bewacht.

Sie schwiegen erst.

Zu Kraner sagte er dann, »Wieso haben Sie mich belastet? Wieso behaupten Sie, Sie hätten den Text entschlüsseln können?«

Kraner sagte, »Das habe ich nur so gesagt.«

Um vier Uhr früh am 9. März 1950 die Urteilsverkündung.

Er dachte, Heute wird Roland dreißig.

Aurich bekam fünfzehn Jahre Arbeitslager. Kraner und Wolfgang zwanzig Jahre, die anderen fünfundzwanzig.

Auch er.

»Pjat dwazet let.«

Er lachte, als er das Urteil hörte.

Der Dolmetscher übersetzte, »Maul halten. Sie haben Glück, daß wir nicht aussprechen Todesstrafe.«

Regen, dachte Mara.

Das dachte sie, weil die Luft in der Zelle nicht nur die war, die aus dem Kübel kam, sondern auch die, die durch die Blende kroch, feucht und kühl.

Sie fror.

Jetzt schon über zwei Jahre.

Einmal träumte sie von Hügeln, die Sonne schien, das Gras stand hoch, Schmetterlinge flogen. Sie wachte auf. An diesem Tag war die Heizung an.

Sie war allein in der Zelle, seit sie die anderen Frauen geholt hatten. Seither klopfte sie einmal am Tag an die Wand. In der Nebenzelle waren Männer. Das Klopfen war Vergewisserung und Trost für die nebenan und für Mara.

Von einem kannte sie den Namen. Wenn ihr Klopfen nicht erwidert wurde, hatte sie Angst, Hübner sei nicht mehr da. So, hatte der geklopft, heiße er.

Mara dachte, Mamilein.

Anfangs hatten sie die Mutter täglich durch den Zellengang geführt, damit Mara sie sah. Immer um dieselbe Zeit.

Dann nicht mehr.

Mara wußte nicht, ob die Mutter tot war oder ob sie sie hatten gehen lassen.

Mutter war die einzige, die wußte, wo Mara war.

Fünfundzwanzig Jahre Arbeitslager.

Gedanken wie Blitze.

Namen. Lauter Namen. Gesichter.

Hans Söhnker.

Kitty Jantzen.

Theo Lingen.

Ida Wüst.

Paul Henckels.

Rudolf Platte.

Mara träumte sich in Filme zurück.

Astra Filmkunst.

Alwin Elling. *Hummel Hummel.* Sie im Lokal »Zum glatten Aal« als Molly mit ihren »Alstermöwen« am Ruder eines Schiffes. Wind und Sonne und Gischt.

Mara dachte, Die See ist rauh. Sie schloß die Augen. Spürte das Wiegen auf Wellen. Hörte das Knarzen der Planken. Hörte Erwins letzte Platteneinspielung von 1943 mit Adalbert Lutters Orchester: »Auf den Winter folgt der Frühling, auf den Regen Sonnenschein, und auf diese Zeit 'ne andre …«

Margarete. Margarete?

Mehlhemmer, so hieß sie.

Flüchtige Bekannte nur und doch, sie fiel ihr jetzt ein. Hier.

Filmbüro in der Friedrichstraße.

Margarete, die gute Seele. Fels in der Brandung. Über Politik sprachen sie nicht.

Mara und Margarete verloren sich aus den Augen. Dann die Gerüchte. Es hieß, Margaretes Mann sei verreist.

Götz, dachte Mara.

Mara dachte sich Mamilein und Götz an den Tisch im Wohnzimmer. Ein Kuchen mit Kerzen. Neun Stück. Heute war Götzens Geburtstag, heute war der 8. Oktober 1949.

Mara dachte, Mamilein wird ihm sagen, ich sei auf Reisen.

Das verschimmelte Brot und die stinkende Suppe aus Kohlstrünken rührte Mara nicht an.

Vielleicht schaffte sie es, sich die Pulsadern aufzuschneiden.

Die Vorstellung von Götzens kleiner weicher Hand in ihrer – ihre Hand schloß sich um die Glasscherbe. Sie bemerkte nicht, daß sie beobachtet wurde.

Der Kalfaktor hatte sich auf Socken genähert, damit er unbemerkt bliebe. Er war derselbe, der ihr, als ihr Kleid ein Lumpen war, ein altes Männerhemd und eine abgewetzte Drillichhose gegeben hatte.

Er betrat die Zelle. Schweigend strich er Mara übers Haar, nahm ihr die Glasscherbe aus der Hand und steckte sie in seine Hosentasche.

Mara wurde aus der Zelle geholt. Sie mußte getragen werden. Sie wurde auf die Pritsche eines Lastwagens gelegt.

Der Lastwagen fuhr aus dem Innenhof und aus der Stadt in Richtung Norden.

Mara war bewußtlos.

Als sie zu sich kam, lag sie in einer Krankenstation. Die Krankenstation war im sowjetischen Speziallager Nr. 7. Sachsenhausen.

Ärzte kümmerten sich um sie, verhungert wie sie war. Sie hörte Lärm aus einem Lautsprecher. Nachrichten. Vorträge. Propaganda.

Manchmal ein Lied.

Einmal: »Es muß was Wunderbares sein, von dir geliebt zu werden.«

Erwin, dachte sie. Wo ist Götz, bei wem, wenn der Vater im »Demokratischen Rundfunk« singt?

Wenn er an die Zellendecke blickte und in den sternenklaren Himmel sah, träumte er von Ruth im dunklen Trägerkleid, unter dem sie die beigefarbene seidene Bluse trug, der Kragen über dem runden Ausschnitt des Kleides, die Ärmel luftig, die Bündchen am Handgelenk durch einen mit stoffüberzogenen Knopf geschlossen. Um die Taille ein schmaler Gürtel.

Wie sie dastand, wie ein Schulmädchen, die Hände hinter dem Rücken. Die Haare dunkelblond, leicht gewellt, schulterlang. Die Stirn, die geschwungenen Augenbrauen, die hohen Wangenknochen. Das Kinn vielleicht ein wenig zu lang.

Er hörte sie lachen.

Schritte.

Die Schritte liefen nicht an seiner Tür vorbei.

Er dachte, Jetzt kommen sie mich holen.

Er hörte den Riegel knallen.

Zwei Posten. Dawai. Dawai.

Er dachte, Jetzt bringen sie mich doch noch um.

Sie liefen durch Gänge auf den Hof.

Es war der 28. März 1950.

Auf dem Hof stand ein Lastwagen mit Plane. Und eine Gruppe Häftlinge. Namen wurden gerufen. Dessen Name gerufen wurde, mußte auf den Wagen steigen und sich setzen. Zwischen die Beine des Hintermanns. Die Knie angewinkelt. Ein Bein über das Bein des Nebenmannes.

So saßen sie und schwiegen.

Fünf Reihen zu je vier Mann.

Bewacht von zwei Soldaten mit Maschinenpistolen.

Der Lkw fuhr aus dem Hof durch die Südvorstadt, durch die Neustadt und weiter auf holprigen Straßen. Er hörte hupende Autos. Er hörte eine Straßenbahn. Er hörte Stimmen von Kindern, die am Straßenrand spielen mußten.

Fußgänger, die sie bestimmt passierten, sahen die Fracht nicht unter der Plane.

Hätte er sehen können, wo sie entlangfuhren, hätte er gesehen, daß sie die Elbe überquerten, in die Nähe des Bahnhofs kamen, von dem aus er oft nach Berlin gefahren war, von dem aus er seinen Freund Mischnick begleitet hatte.

Hätte er sehen können, wo sie entlangfuhren, hätte er gesehen, daß sie hinausfuhren aus der Stadt.

Er sah die Landschaft, weil er sie roch im Regen. Hügeliges Land. Weite Wiesen. Karge Äcker um diese Jahreszeit. Dunkelgrüne Wälder.

Obwohl der Befehl war zu schweigen, sagte der neben ihm, das Ziel sei Frankfurt an der Oder. Von dort gingen die Transporte nach Sibirien.

Er schloß die Augen.

Er hörte Ruths Klavierspiel, Schubert, und es wollte

ihm so scheinen, als führe der Wagen nicht mehr in Fahrtrichtung, sondern zurück. Geradewegs in den kleinen Garten hinter dem Wohnhaus, in dem sie Gemüse pflanzten in der kargen Zeit, in dem sie also saßen, an einem runden Tisch, der Kaffee war getrunken, der Kuchen, den die Mutter gebacken hatte, gegessen, der Vater hatte sich zurückgezogen, die Mutter klapperte in der Küche, und jeder ein Buch las und manchmal aufblickte, in die Sonne oder dem anderen in die Augen, und lächelte.

So dauerte der Weg.

Bis auf den Hügel hinauf.

Bis der Wagen hielt, so, daß er nach vorne fiel, auf den Rücken des Vordermanns.

»Absteigen, skoro«, trieben die beiden Soldaten mit den Maschinenpistolen zur Eile.

Sie sprangen nacheinander herunter.

Sie stellten sich auf.

Zu zwei Mann, Hände auf dem Rücken.

Er sah Gebäude aus gelbem Klinkerstein.

Er sah Posten in blauer Uniform.

Er dachte, Deutsche!

Der Zug fuhr durch weiß-schwarzes Land, der Himmel eisblau. Seit über zwei Wochen schon.
In einem der Viehwaggons Mara.

Transportappell war am letzten Februartag im Schaltjahr 1950 gewesen. Männer kniend im Lagerhof von Sachsenhausen. Und vierunddreißig Frauen. Fünfunddreißig sollten es laut Liste sein.

Mara wurde dazugelegt.

Halt in Brest-Litowsk. Weit draußen vor der Stadt auf einem toten Gleis. Marsch in ein Gefängnis. Mara lief halb, halb wurde sie getragen.

Unheimliche Gänge, Gitternetze zwischen den Etagen, dunkle Zellen, in denen bis zu vierzig Frauen lagen oder saßen.

Mara kam in eine Gemeinschaftszelle mit Russinnen. Sie kauerte sich neben eine Frau. In einem Blechnapf bekam sie Fischsuppe. Weiße Augen schwammen im Wasser.

Mara erbrach sich. Mara fieberte.

Blatnoi – Diebinnen und Gaunerinnen – tupften der Njemka, der Deutschen, die Stirn. Gaben der Njemka von ihrer Ration Wasser und Brot, Tee und süßen Brei.

Mara hörte ihr Summen.

Wieviel Zeit in der dunklen Zelle verging, wußte

Mara nicht. Als es hieß: Weiter!, konnte sie stehen und gehen.

Ein Lkw brachte sie zum Bahnhof. Niederknien vor dem Viehwaggon, bis der Befehl zum Einsteigen kam. Tritte, Geschrei, bellende Hunde.

Im Dunkel ging es weiter in Richtung Osten.

Um den Kanonenofen babylonisches Sprachengewirr.

Mara bekam einen Platz neben der Holzrinne, die nach draußen führte. Da lag sie, am Körper das alte Männerhemd, die abgewetzte Drillichhose, die Schuhe, der Mantel, den sie am Abend der Verhaftung getragen hatte.

Keine Kleidung gegen die Kälte. Im Arm ein Bündel Proviant, Brot und kleine Salzfische. Sie aß sie nicht. Sie hatte Angst vor dem Durst.

Sie dachte nicht an morgen.

Sie dachte, Fürchte dich nicht. Es wird ein Weg heraus sein.

Sie hörte den Rhythmus der Räder.

Der Atem gefror vor dem Gesicht.

Frauen kletterten über sie hinweg zur Holzrinne, hockten sich hin. Die meisten hatten Durchfall.

Einmal täglich hielt der Zug. Die Tür wurde geöffnet. Ein Eimer Wasser und ein einziger Becher wurden hereingereicht, die Toten hinaus.

Wenn der Zug länger hielt, war es meistens schon dunkel.

Sie mußten aussteigen, in Fünferreihen durch Eis und Schnee marschieren. Bis zu einem Lager.

Im Lager standen die Frauen, schmutzig und verlaust, um einen Holztrog, wuschen sich mit einem Stück Tonseife, trockneten sich mit einem Fetzen Stoff, zogen die

Kleidung an, die sie am Leibe getragen hatten, und kamen in Baracken, so lange, bis die Fahrt weiterging.

Ein Ort war Gomel.

Von Gomel im Viehwaggon nach Moskau.

Der Zug hielt draußen vor der Stadt.

Der Marsch in Fünferreihen führte zur Butyrka, der alten Gefängnisfestung.

In einer Gemeinschaftszelle sah Mara im matten Licht einer Glühbirne dicht an dicht Frauen mit bunten Tüchern, manche rauchend, manche essend, manche singend. Kaum Luft zum Atmen.

Mara stand verloren da.

Eine Frau gab ihr einen Blechnapf mit Suppe, ein Paar wollene Strümpfe und ein Säckchen getrocknetes Brot.

Nach Moskau hießen die Stationen Kuibyschew, Tscheljabinsk, Omsk, Nowosibirsk.

Ab Nowosibirsk fuhren sie in Stolypinki, umgebauten Güterwaggons, in stickigen, engen, heißen Abteilen.

Statt Wänden Stahlnetze, statt Türen Scherengitter.

Käfige, die höchstens zweimal am Tag geöffnet wurden. Einmal für den Eimer Wasser für alle im Abteil, einmal für den Gang zu etwas, das aussah wie ein Klosett.

Immer unter Aufsicht.

Ankunft nach zwei Monaten in der Nacht auf einem Bahnhof im Südosten von Sibirien. Siebentausend Kilometer von Dresden entfernt.

Waggon für Waggon wurde entladen. Auf Lastwagen, dawai.

Zuerst die Männer. Danach die Russinnen. Dann sie und die anderen deutschen Frauen.

Die Lastwagen fuhren vor ein Tor.

Absteigen.

Auf dem Torbogen sah Mara einen roten Stern.

Als sich das Tor öffnete, wurden sie einzeln hineingezählt zur Aufstellung auf dem Platz. Das Ergebnis wurde von einem in einem Buschlat, einer Wattejacke, auf ein Holztäfelchen geschrieben.

Schmale Wege führten zu Baracken aus geschälten dicken Baumstämmen. Armdicke Eiszapfen hingen von den Dächern.

Mara sah auf dem drei Meter hohen Bretterzaun, der das Lager umgab, Stacheldraht. In Abständen von vielleicht einhundert Metern überdachte Hochstände. Bewaffnete schauten auf sie herab.

Mara kam in die »barak ussilennovo reschima.« Strenge Quarantäne.

Kein Hinauskommen für vierzehn Tage.

Ein Posten in blauer Uniform brüllte, »Marsch! Nicht sprechen.«

Er sah ein riesiges Gelände mit mehrstöckigen Gebäuden, eines, das aussah wie eine Kirche.

Hunderte vergitterte Fenster, die Gefängnismauer meterhoch. Darauf gerollter Stacheldraht.

Schilder in deutscher Sprache: Feuerzone.

Er dachte, Steh mir bei.

Das, was aussah wie eine Kirche, war der Eingang. Sie traten in einen sauberen Flur.

Halt vor einer Gittertür, die von der Decke bis zum Boden reichte.

Die Tür wurde aufgeschlossen. Dahinter ein Glaskasten mit blau Uniformierten.

Er hörte, »West fünf. Fertigmachen zum Freigang.«

In jede Himmelsrichtung ein Gang.

Von überall her Männer.

Über allen Etagen Fangdrähte. In der Mitte jeder Etage ein Pult für Aufseher.

»An die Wand«, brüllte ein Posten. Und, »Maul halten.«

Übergabe der Papiere. Telefonate.

»Weiter.«

In den Keller in die Duschanlage.

»Ausziehen.«

Ihm wurde ein Stück Tonseife gegeben. Er wusch sich. Er rieb sich mit einer übelriechenden Flüssigkeit ein. Die Haare wurden geschoren.

Der Häftling, der ihm die Haare schor, war in der Wehrmacht gewesen, Oberst der Panzertruppen.

Der Oberst sagte, »Hier gibt's so wenig zu fressen, daß es vor zwei Wochen einen Aufstand gab. Danach haben sie uns das Blaue vom Himmel versprochen. Verbesserung der Verpflegung, Verlegung der Jugendlichen, Arbeit für alle, neue Bekleidung, die Erlaubnis zu schreiben, die Erlaubnis, Briefe und Pakete zu empfangen, sie versprachen Zahnbürsten, Kämme, Seife.«

Er sagte, »Klingt wie ein echtes Erholungslager.«

Der Oberst sagte, »Nix is. In drei Tagen soll es wieder losgehen.«

Der Oberst gab ihm eine graue Hose und ein graues Hemd aus grobem Stoff. An den Ärmeln und Beinen grüne Streifen. Holzpantinen zum Gehen.

Er kam auf Zelle. So hieß das hier. In West 2.

Er sah an der rechten Wand ein dreistöckiges Holzbett, an der linken ein an der Wand befestigtes Eisenbett.

Dünne Strohsäcke.

Verschlissene Decken.

Einen kleinen Tisch.

Ein Wandregal.

Einen Holzhocker.

Rechts neben der Tür einen Kübel. Am Boden daneben drei Seiten eines Buches. Klopapier.

Das Fenster war durch eine Blechblende abgedeckt. Der Himmel ein schmaler Schlitz.

Er sah drei Männer. Geschoren. Hohlwangig. Bleich.

Er dachte, Gesellschaft!

Er sagte, »Hübner.«

Einer sagte, »Wofür bist du hier?«

»Paragraph 58-6-Teil 1. Spionage. Fünfundzwanzig Jahre. Das Übliche.«

Der Älteste sagte, »Ich war Leiter des Mordkommissariats Leipzig.«

Ein anderer, »Ich war bei der Gestapo.«

Er, »Ich will nur wissen, ob du heute noch zu dem Nazisystem stehst.«

Der dritte klopfte an die Wand der Nachbarzelle.

Er kam ins Reden, hatte so lange mit niemandem gesprochen. »Ich war bei der Marine, ich kann auch morsen. Die Acht bedeutet Vorsicht, Funkverkehr einstellen, wir haben einen Spitzel in der Zelle.«

Der, der klopfte, hörte damit auf.

Er sagte, »Mit fünfzehn wurde ich Luftwaffenhelfer. Mutter meinte, Hitler hat mir meine Söhne geraubt.«

Der, der Leiter des Mordkommissariats Leipzig gewesen war, sagte, »Du weißt nicht, wo du bist? Im Volksmund heißt das hier Gelbes Elend.«

Er, »Am 13. Februar 45 gingen wir in Kopenhagen vor Anker. Ich hatte Landgang. In der Stadt kaufte ich Sahneröllchen und Törtchen.«

Der Gestapomann, »Sahnetörtchen.«

Er, »Als ich zurückkam, sagte einer an der Pier, ›Du bist doch aus Dresden.‹

›Ja.‹

›Dresden existiert nicht mehr.‹«

Der, der Leiter des Mordkommissariats Leipzig gewesen war, sagte, »Bautzen existiert.«

Der, der geklopft hatte, sagte, »Um die Jahrhundertwende wurde dem sächsischen König ein Zuchthaus gebaut. Nach den modernsten Erkenntnissen des Gefängniswesens, das den Verbrecher bessert, moralisch hebt. Die Gebäude sollten ästhetisch sein. Die gelben Ziegel wurden in Zwickau gebrannt. Die Arbeiter für Wegebau, einfache Maurer- und Erdarbeiten waren zweihundert Gefangene aus Hoheneck. Der Kirchenbau begann 1902. Den Zuschlag zum Bau der Orgel bekam Orgelbaumeister Georg Schuster aus Zittau. Die Malarbeiten oblagen dem Hofmalermeister Schulze aus Dresden. Es gab viele große Freiflächen und doppelreihige Alleen mit einer Gesamtlänge von ca. 1,3 Kilometer. Bautzen wurde als schönste Anstalt in Sachsen schnell bekannt. In den Höfen stehen noch Linden, Kastanien und Eichen. Die Mauer ist 1100 Meter lang und 4,5 Meter hoch. Die neun Wachtürme gab es vor 45 nicht.«

Der, der das sagte, war Architekt.

Er sagte, »Mir fielen die Törtchen und Sahneröllchen aus der Hand. Ich wußte nicht, ob Mutter oder Vater noch leben. Man mußte damit rechnen, daß die Eltern umkamen und der Bruder an der Front fiel. Niemand hatte einen Freifahrtschein zum Überleben. Ich fuhr auf einem Minenleger mit vierhundert Minen an Bord. Ich glaubte nicht mehr an das Leben nach dem Tod.«

Der Gestapomann, »Ich bin froh, wenn ich hier schlafen kann.«

Die Zellentür wurde aufgerissen.

Neben einem Posten ein Häftling mit gestreifter Armbinde. Der Häftling sagte, »Hübner, Dietrich«, gab ihm eine Decke, einen Holzlöffel, einen rotbraunen Blechtopf, ein Stück graue Tonseife und ein kleines Rechteck rosa Zahnpasta.

Er betrachtete den Besitz.

Der, der Leiter des Mordkommissariats Leipzig gewesen war, sagte, »Eine Zahnbürste kannst du dir aus einem Stück Holz und Stroh aus den Säcken machen.«

Er legte die Sachen ab.

Dann das laute Kommando: »West 2 fertigmachen zur Freistunde.«

Er sah Männer, Männer, Männer auf dem Etagengang.

Er dachte, Totengruft.

Sie reihten sich ein.

Auf dem Hof, groß, rechteckig, rechts der Saalbau, eisiger Wind jetzt, kein Nieselregen, liefen sie im Kreis.

Der neben ihm sagte, »Bäckerei, Wäscherei, Küche. Haus 2, Haus 3, Haus 4. Das Lazarett. Fünf- oder sechstausend Gefangene. Siebzehn- wie Siebzigjährige, vom Bauern bis zum Professor. Unterernährung, Tuberkulose, Tod.«

Der Marsch zu sechst, untergehakt, im immer gleichen Abstand zur Vorderreihe.

Er holte Luft. Tief Luft.

Er dachte, Blütenduft.

Er hörte, »Einrücken.«

Zurück in der Zelle begannen sie den Hungermarsch. Die Zelle hatte er schnell abgemessen. Acht Quadratmeter.

Die Suppe kam in einem Holzkübel. Zwei blau Uniformierte und ein Häftling teilten sie aus.

Der Häftling schlug mit einer Kelle eine Acht, plätscherte das Wasser in den Blechnapf, den zuerst er hinhielt. Die anderen ließen ihm den Vortritt.

Als sie das Wasser löffelten, sagte der Gestapomann, »Ehe die Russen uns an die Vopo übergaben, gab es dikke Suppe. Die Deutschen haben das Dicke wieder rausgenommen. Tuberkulose, wo du nur hinsiehst. Medikamente? Gibt's keine. Rechne dir selber aus, wie lange wir hier noch haben.«

Am späten Nachmittag Brotempfang. Dreihundert Gramm und zwanzig Gramm Zucker in einem Stück Stoff mußten reichen bis zum nächsten Nachmittag.

Am nächsten Nachmittag gab es statt Zucker einen Löffel Marmelade. Zum Frühstück nichts.

Nachteinschluß um 17 Uhr.

Hinlegen erst zum Nachtzeichen Stunden später.

Das Licht blieb an.

Er lag, die Hände auf der dünnen Decke.

Der, der Leiter des Mordkommissariats in Leipzig gewesen war, hatte gesagt, einem hatte man für Brot die Goldzähne rausgebrochen.

Brot war Währung hier.

Es gab kein Buch. Es gab keinen Stift. Es gab kein Papier.

Aus Brot knetete der Architekt Schachfiguren.

Aus Tonseife malte der Gestapomann ein Schachbrett auf den Boden.

Er schrieb auf die feuchte Platte vom Klapptisch mit einem Stück Holz Gedichte. Wenn er sie geschrieben hatte, wischte er sie weg und merkte sie sich.

Eines: Kennst du das Haus, das auf dem Felsen steht, dort, wo die Freiheit hinter Gittern geht und Liebe schweigt, vom Haß besiegt.

Kennst du das Haus, das dort im Schatten liegt, wo jeder Morgen freudlos tagt, und nachts die Eule nach den Toten fragt.

Und um die Mauern heult der Wind, wo zwanzigtausend schon gestorben sind, wo jede Stunde nur vom Leide trinkt und klirrend wie Kristall die Nacht zerspringt im ersten Morgenstrahl.

Und dann der Tag zur Ruhe geht mit dunklem Glokkenschlag, das Grauen grinsend seine Feste hält und Hunger in die leeren Schüsseln kellt, wo von dem Tod die Luft vergiftet ist und jeder Atemzug am Leben frißt.

Kennst du das Haus, ein Kreuz darüber thront, dort haben zwanzigtausend einst gewohnt, die nun der Tod in Armen vereint, da manche Mutter ihren Sohn beweint. Kennst du das Haus?

Am 31. März 1950 hörten sie Tausende Schreie an den Fenstern. »Wir haben Hunger!«, »Wir wollen nicht verrecken!«, »Zwanzigtausend Tote klagen an!«, »Wir rufen das Rote Kreuz!«

Er zog sich am vergitterten Fenster hoch.

An den Fenstern der Saalflügel Laken mit Aufschriften.

An den Fenstern der Saalflügel unzählige geschorene Köpfe.

Auf den Dächern der Krankenbaracken Männer, die weiße Tücher schwenkten.

Der Chor wurde lauter.

»Freiheit.«

In den Höfen Volkspolizisten, Gewehr im Anschlag, unter dem Kommando von Polizeirat Schulz, verstärkt von einer sonst an der tschechischen Grenze stationierten Alarmeinheit.

Er hörte, »Haut sie auf die Köppe, dann werden sie blöde. Schlagt die Verbrecher tot.«

Dann der Einsatzbefehl.

Die Riegel der Zellentüren knallten.

Die Knüppel fuhren zwischen Beine, auf Köpfe und Schultern. Auf Arme vor dem Gesicht. Auf Kranke und Sieche, Zelle für Zelle und von Saal zu Saal. Über eine halbe Stunde lang. Danach zweimal Spießrutenlauf für die Jugendlichen. Polizisten schlugen auf sie ein.

Anstaltsärzte, die Hunderte Verletzte versorgten, hörten von Polizeirat Schulze: »Laßt die Hunde verrecken.«

Mitte April wurde er nach Haus 2 verlegt.

Auf acht Quadratmetern wieder meistens vier bis fünf Mann.

Nachts Schreie.

Einmal von einem, der einen scharfen Gegenstand geschluckt hatte.

Nachts Filzkommandos.

Sie rissen die Strohsäcke auf, lösten die Pritschenbretter, zerbrachen Holzstäbchen, die als Messer dienten für den Brotaufstrich, zertraten die Schachfiguren, schütteten den Wasserkrug aus, legten den Deckel neben den Kübel.

Einer in der Zelle, ein ehemaliger SA-Führer, sagte, »Nun habe ich mich mit ihnen arrangiert und dann so was.«

Tags Freistunde.

Er sah einen, der über eine Brüstung kletterte, sprang und auf dem Zementboden aufschlug.

Er sah einen, der bewußtlos aus dem Stehkarzer fiel, als der Wächter die Stahltür aufschloß. Der Stehkarzer war eine Zelle von knapp einem Quadratmeter ohne Fenster.

Er sah Tuberkulose-Kranke, die Augen fast erloschen, die nur noch zum Sterben ins Lazarett getragen wurden.

Gern hätte er lange an Ruth gedacht. Von ihr geträumt.

Er aber träumte dicke Suppen und Fleischgerichte. Wenn er dicke Suppen und Fleischgerichte träumte, konnte er sie riechen. Er träumte Äpfel und Pflaumen und Apfelsinen. Wenn er Äpfel und Pflaumen und Apfelsinen träumte, konnte er sie schmecken.

Er sprach nicht mehr viel.

Er lutschte Zucker.

Auf eine Waage hätte er knapp fünfundfünfzig Kilogramm gebracht, hätten sie ihn gewogen.

In einem Raum ein Tisch und ein Stuhl.

Auf dem Tisch ein Bogen Papier und ein Bleistift. Er durfte sich setzen.

Er strich mit der Hand über das Blatt. Er hielt einen Stift. Zum ersten Mal seit zwei Jahren. Am 22. April 1950.

Er schrieb.

»Meine lieben Eltern, mein lieber Bruder, meine liebe Ruth!

Endlich kann ich Euch schreiben. Ich kann Euch mitteilen, daß ich gesund und voller Zuversicht und Hoffnung bin. Bereitet Euch um mich keine Sorgen, es wäre völlig unbegründet.

Hoffentlich seid Ihr noch alle gesund und der gleichen Zuversicht wie ich.

Ich darf Euch jetzt alle acht Wochen schreiben. Auch Ihr dürft mir alle acht Wochen einen Brief schicken. Päckchen sind vorläufig noch gesperrt, auch Besuchsmöglichkeit besteht noch nicht.

Zu Muttis Geburtstag schon im voraus meine herzlichsten Glückwünsche, auch zu Rolands Geburtstag gratuliere ich nachträglich noch vielmals. Bleibt gläubig im Herzen, dann wird alles gut enden.

Ich schließe Euch jeden Abend in ein Gebet ein.

Für diesmal lebt wohl. Mit vielen innigen Küssen verbleibe ich,

Euer treuer, dankbarer Dietrich.«

Am 5. Mai erhielt er Antwort.

»Mein lieber, lieber Junge, mein gutes Dietchen,

endlich kam heute früh die erste Nachricht von Dir, mein gutes Herz, sei innigst gedankt.

Nun wissen wir wenigstens, daß Du noch lebst. –

Soeben war unsere liebe Ruth hier. Sie konnte sich gar nicht fassen, genau wie wir.

Nun mein lieber Junge. Am 7. 5. wirst Du nun 23 Jahre. Ich gratuliere Dir von ganzem Herzen. Wünsche Dir alles, alles Gute, wünsche Dir in erster Hinsicht ein gesundes u. für Dich ein glückbringendes Lebensjahr. Möge der Allmächtige Herrgott Dich weiter in seinen Schutz nehmen.

Fast 2 Jahre haben wir für Dich Tag für Tag gebetet. Es ist kein Tag vergangen, wo wir nicht Deiner gedachten. Auch heute sind Deine Bilder wie immer mit Blumen geschmückt, diesmal steht alles voll Vergißmeinnicht, es ist ja Deine übliche Geburtstagsblume.

Und nun, mein geliebtes Dietchen, will ich es Dir nicht lange vorenthalten. Unser geliebtes Väterchen ist plötzlich am 3. 12. 49 an einem Schlaganfall auf dem Postplatz gestorben.

Seine Urne steht noch im Urnensaal, ich dachte so bei mir, vielleicht kommt doch mein Dietchen nach Hause, u. er könnte bei der Beisetzung dabei sein.

Vielleicht wirst Du es Dir auch schon gedacht haben, denn meine Gedanken sind immer bei Dir.

Am Sonntag feiere ich Deinen Geburtstag, in Liebe,
Deine Mutti«

Er erhielt auch Post von Ruth.

»Mein lieber, guter Dietrich!

Nachdem ich Deine Zeilen immer wieder gelesen habe und nun endlich begriffen habe, daß Du tatsächlich geschrieben hast, will ich auch sogleich den Versuch machen und Dir antworten.

Wir sind alle gesund und munter. Nur einer ist von uns gegangen, unser gutes Vätchen.

Um Mutti brauchst Du Dir keine Sorgen zu machen. Sie ist munter wie ein Fisch im Wasser. Sobald sie etwas benötigt, schreibe ich es heimlich Tante Lene, die mir bisher jeden Wunsch erfüllt hat.

Ich studiere nach bestandener Eignungsprüfung fleißig weiter und will vorläufig erst einmal Gesangslehrerin werden.

Wir haben uns alle recht gut erholt. Schade, daß Du uns nicht sehen kannst.

Vorigen Monat fand ich mein Kettchen in Deinem Bücherschrank. Ich habe es in Ordnung bringen lassen, und Mutti hat mir Dein Medaillon gegeben. Hast Du etwas dagegen, daß ich es trage?

Zu Deinem Geburtstag wünsche ich Dir von Herzen alles Gute und Schöne, vor allem Gesundheit und ein baldiges Wiedersehen mit uns.

Tausend liebe Grüße und Küsse von Deiner Ruth.«

Im Juni erhielt er das erste Paket. Darin auch ein Pfund Zucker.

Er setzte sich und aß. Die ganze Tüte leer.

Danach fror er an diesem Tag zum ersten Mal seit zwei Jahren nicht mehr.

Im Juli ein zweites Paket.

Er schrieb,

»Wie soll ich Euch das danken. Der Allmächtige gebe mir bald Gelegenheit dazu. Außer ›Faust‹, Brieftasche, Zeitungspapier wurde mir alles ausgehändigt.«

Fast jeden Monat durfte er nun an die Mutter schreiben. Fünfzehn Zeilen auf DIN-A5-Papier.

Stets schrieb er auch Zeilen an Ruth.

Im September:

»Oft studiere ich Eure Handschriften, lese die letzten Zeilen.

Sonst haben wir wenig Beschäftigung. Jeden Tag ½ Stunde Spaziergang.

Ich bin voller Zuversicht und habe bisher noch keinen Augenblick Mut und Hoffnung verloren. Ich habe viel gelernt in dieser Zeit aus den Ereignissen, nicht aus Büchern, das konnte ich nicht. Ich glaube, ich bin um vieles reifer und älter geworden und habe in meiner Entwicklung Jahre übersprungen.

Die Zelle formt den Menschen, negativ und positiv.

Ich glaube für mich das letztere in Anspruch nehmen zu können. Ich habe in 27 Monaten mein Weltbild geformt.

Mich hat die Zeit nicht zerbrochen, sondern stärker gemacht. Ich bin sehr bescheiden geworden und werde einmal sehr glücklich werden.«

Ab Oktober durfte er bis auf weiteres jeden Monat ein Lebensmittelpaket von drei Kilogramm empfangen. Salz und Klopapier bekam er nicht.

Im Oktober erhielt er auch die Erlaubnis zu schreiben, daß ihn Christa am 3. November von 15.30 Uhr bis 16 Uhr besuchen dürfe.

Am 3. November 1950 standen Mutter und Sohn sich nach bald zweieinhalb Jahren erstmals wieder gegenüber.

Tränen, als sie sich sahen.

Christa wollte ihren Sohn in den Arm nehmen. Der Sohn wollte von seiner Mutter in den Arm genommen werden.

Der Wachposten sagte, »Setzen.«

Sie trocknete die Tränen mit einem Tuch.

Er hatte keins.

Sie nahm seine Hände.

Sie sahen sich an, es war ihnen, als dehnte sich die Zeit, dabei verrann sie.

Sie sagte, »Bekommst du genug zu essen?«, obwohl sie sah, daß er nicht genug bekam.

Er nickte, wollte nicht sagen, »Die Suppe ist Wasser mit Sauerkrautfäden oder Wasser mit Rüben oder Wasser mit Darmstückchen und Abfall.«

Er sagte, »Hauptsache, dir geht es gut.«

Sie nickte, wollte nicht sagen, »Das letzte Jahr war schwer, wie einsam bin ich, seit Vätchens Tod.«

Sie sagte, »Manchmal bin ich in Berlin bei Tante Wanda in Kreuzberg. Li ist jetzt verheiratet und lebt mit ihrem Mann im Haus der Tante. Lis Mann steht mir bei.«

Er begriff, daß sie den Bruder meinte. Er lächelte. Sie schwiegen.

Er sagte, »Haltet zusammen in dieser gefährlichen Zeit.«

Der Posten sagte, »Die Zeit ist um.«

Sie sagte noch, »Du hast die Zulassung zum Studium an der Humboldt-Universität bekommen.«

Er sah ihr nach. Die Welt von draußen verschwand, und er wußte nicht, wann er sie wiedersähe.

Am 18. November 1950 stellte Christa das erste Gnadengesuch.

Das Gesuch wurde an das Ministerium des Innern weitergeleitet und abgelehnt.

Elf Monate war er jetzt hier. Im Speziallager Bautzen. Die Zellengenossen wechselten.

Einmal ein Junge von neunzehn Jahren. Der Junge sagte, Deutsche hätten den Russen Listen zugespielt, darauf die Namen einer Gruppe von Hitlerjungen, die als »Werwölfe« verpflichtet worden waren. Die gesamte Gruppe sei zum Tode verurteilt worden. Der Junge sagte, »Todeszelle. Ging die Tür auf, wurde ein Name verlesen. Der, dessen Name verlesen wurde, kam nicht wieder. So ging das, sieben Monate.«

Einmal ein kleiner Mann mit schwarzen, buschigen Augenbrauen. Der hatte seiner Geliebten dreißig Stiche in den Unterleib versetzt. Im Knast hieß er Pflaumensalat. Pflaumensalat war ein Vierteljahr bei ihm in der Zelle, saß nur da und sprach kein einziges Wort.

Einmal einer, der drohte, ihnen nachts, wenn sie schliefen, die Kehlen aufzuschlitzen. Bis der weg war, hielten sie abwechselnd Wache.

Vom obersten Bett blickte er in den Himmel. Die Blechsichtblenden waren abgenommen worden.

Blickte in die Weite der Landschaft, von wo er Käuzchen hörte.

Immer wenn ein Käuzchen rief, sagte einer, »Und wieder ist einer unter der Erde.«

Im Frühling 1951 öffnete sich die Zellentür.

»Name?«

»Hübner.«

»Sie sind angefordert, kommen Sie raus. Sie kommen auf Arbeit.«

Er, als Verurteilter eines sowjetischen Militärtribunals, hatte bisher nicht gearbeitet. Jetzt kam er in die Zentralwerkstatt. Ein Gebäude zwischen dem Zellenbau und dem Flügel mit acht Sälen. Die Säle waren mit je vierhundert Gefangenen belegt.

In der Werkstatt traf er zwei Orgelbauer, einen alten und einen jungen. Der junge Orgelbauer setzte sich an ein Klavier, das gestimmt werden sollte. Spielte aus der h-Moll-Sinfonie von Schubert.

Er flocht aus Gummiresten Fußmatten. Manchmal auf dem Hof in der Sonne unter den Kastanienbäumen. Manchmal brachte einer heimlich aus der Schweinemästerei Fleischbrühe, die die Volkspolizisten übriggelassen hatten.

Einmal platzten Raketen über ihnen. Flugblätter rieselten herab. Er las ein Spottgedicht auf die DDR. Volkspolizisten trieben sie vom Hof zurück in die Zellen.

Er wurde auch an der Stanze eingesetzt. Stanzte Absätze und Schuhsohlen aus Gummistücken.

Er bekam Bücher in die Hände, die in der Werkstatt gebunden wurden. *Also sprach Zarathustra* und *Phänomenologie des Geistes*.

Er dachte, Endlich etwas zum Nachdenken.

Der Besuch der Mutter im Mai blieb aus.

Die Anstaltsleitung hatte Christa mitgeteilt, daß der Besuch aus innerbetrieblichen Gründen zur Zeit nicht stattfinden könne. Sollte eine Lockerung in der Besuchererlaubnis eintreten, werde sie von ihrem Sohn in Kenntnis gesetzt. Von weiteren Anfragen sollte sie absehen.

Im Juni 1951 schrieb seine Mutter an den Präsidenten der Deutschen Demokratischen Republik, Wilhelm Pieck:

»Sehr geehrter Herr Präsident!

Mein Sohn Dietrich Hübner ist seit dem 13. Juli 1948 inhaftiert und befindet sich z. Z. in der Strafanstalt Bautzen.

Er ist gerade 24 Jahre geworden.

Sehr geehrter Herr Präsident, ich bitte und flehe Sie nochmals an, daß es in Ihrer Macht steht, mir meinen Sohn wiederzugeben.

Er ist jetzt volle drei Jahre fort, ich bitte Sie, geben Sie ihm Arbeit oder politische Lektüre.

Er war ein sehr begabter Junge, und nun muß solch ein junges Leben in der Zelle verschmachten.

Einmal habe ich ihn am 3.11.50 gesehen, geben Sie uns wenigstens öfter Besuchserlaubnis.

In der festen Hoffnung, daß eine flehende Mutter bei Ihnen Gehör und Gnade für Ihren Sohn findet, bin ich mit ergebenen Grüßen,

Frau Christa Hübner.«

Er las Zeitung.

Die »Tägliche Rundschau«, wenn ein Wachmann sie liegenließ, ging von Hand zu Hand, wenn sie nicht als Klopapier benutzt wurde. Er lernte neue Begriffe. VEB. SAG. LPG. COMECON.

Die Pioniere der Organisation Ernst Thälmann gelobten, für Frieden und Sozialismus zu kämpfen.

Die Freie Deutsche Jugend trug blaue Uniform.

Er sah Fotos von der Schönheit und Weite Sibiriens.

Wenn Mara nicht schlief, aß sie Suppe.

Wenn sie nicht schlief, erzählte Mara den Frauen von der feschen und resoluten Friseursalonbesitzerin mit Namen Krüger. Sie erzählte von deren Nachbarin Frau Weber und daß sich die beiden andauernd stritten. Frau Krüger war nicht nur Besitzerin eines Friseursalons, sondern betrieb auch die »Amorsäle«, wo sich die einsamen Witwen zum Tanz trafen. Aber das war Frau Krügers Geheimnis.

Sie erzählte von Frau Krügers hübscher Tochter Anni, in die der Rudi verliebt war, unglücklich, denn Anni brannte für einen jungen Komponisten, von dem sie aber nur den Künstlernamen kannte.

Sie erzählte, wie Frau Weber den Schleier um das Doppelleben der Frau Krüger lüftete und fortan intrigierte.

Und hörte auf, um später weiterzuerzählen.

Wenn sie nicht schlief, sang Mara leise.

Nach vierzehn Tagen kamen die Frauen in die Banja.

Waschen, das erstemal seit Wochen.

Das Körperhaar wurde rasiert. Der Kopf geschoren.

Danach die ärztliche Untersuchung. Der Kniff in den Po, um den Grad der Dystrophie zu messen. Die Einteilung in Kategorie 1 oder 2.

Die Frauen bekamen Lagerkleidung. Eine zerschlissene Wattejacke, Hosen, Unterwäsche, Fußlappen statt Socken, Stiefel aus Filz.

Die Frauen bekamen eine Nummer.

Sie erhielten weiße Stoffstreifen, Faden und Nadel, einen Pinsel und Farbe. Mit Pinsel und Farbe schrieben sie die Nummer auf den Streifen Stoff. Den Streifen mit der Nummer nähten sie auf den Rücken der Jacke.

Die Frauen wurden auf Baracken verteilt.

Mara sah Holzpritschen in endlosen Reihen, Bänke, Kleidungsstücke zum Trocknen aufgehängt, Gesichter.

Heißer Tee wurde gereicht. Die Hände umschlossen die Becher.

Empfang von dünnen Decken und Eßgeschirr.

In den ersten Tagen schlossen die Frauen Bekanntschaften oder gingen sich aus dem Weg.

Nachts wurden die Türen der Baracken abgeschlossen. Nachts hörte Mara russische Lieder und Hundegebell.

Morgens wurde der volle Kübel, die Parascha, durch die Baracke ins Freie gezerrt. Meistens schwappte er über.

Tags durchstreifte Mara das Lager. Vor dem drei Meter hohen Bretterzaun mit Stacheldraht sah sie einen zweiten Zaun, nur aus Stacheldraht. Zwischen den Zäunen liefen Hunde, geführt von einem waagerecht gespannten Drahtseil.

Mara sah vor dem Stacheldrahtzaun einen etwa fünf Meter breiten unbewachsenen Streifen und Stolperdraht. An niedrigen Pfosten kleine Holztafeln: »Zapretnaja Zona« – Sperrzone.

Mara sah junge Mädchen, die versuchten, durch Lükken in den Zäunen zu Männern zu gelangen.

Mara dachte, Ob Hübner auch hier ist?

Einmal machte ein Geistlicher Mara das Kreuz auf die Stirn.

Als die Temperaturen stiegen, wurden die Wege im Lager Schlamm.

Als die Temperaturen stiegen, wurden die deutschen Frauen gesammelt. Vierzig waren sie. Sie mußten zum Bahnhof marschieren. Von dort ging es im Viehwaggon in irgendeine Richtung. Irgendwann standen sie wieder vor einem Tor.

Stundenlang.

Es war verboten, aus der Reihe zu treten.

Zwei oder drei fielen in Ohnmacht.

Mara pinkelte in die Hose.

Sie kam in eine Baracke mit über einhundert Frauen. Es gab zwanzig solcher Baracken.

In den Baracken gab es dreigeschossige Holzpritschen.

Es gab kleine vergitterte Öffnungen, die Fenster sein sollten.

In einem Vorraum wurden Schuhe getrocknet.

In der Mitte dieses Lagers war die Küche. Wer in der Küche arbeitete, hatte Glück.

Es gab eine Baracke für Kartoffeln und Kohl und eine Brot-Baracke.

Chljeb wurde morgens ausgeteilt, dreihundert bis sechshundert Gramm. Das mußte reichen für den Tag.

Das Brot war naß. Wenn sie es lange kaute, schmeckte es süßlich. Wenn sie es zusammendrückte, lief das Wasser heraus.

Mara dachte, Der Riese nahm einen Stein in die

Hand und drückte ihn zusammen, daß das Wasser heraustropfte.

Zum Brot gehörte ein Schlag Getreidebrei. Manchmal eingesalzener Fisch. Mittags dünne Kohlsuppe.

Jahraus, jahrein.

Von Lager zu Lager.

Es gab eine Latrine.

Es gab einen Eisbunker. Im Winter wurden darin Eisblöcke geschichtet, im Sommer Fische gelagert.

Es gab Wanzen, Läuse und Flöhe zu jeder Jahreszeit. Und Ratten.

Im Sommer kroch Mara auf Feldern in der Taiga, verzog Pflanzen. Die Sonne sengte.

Im Sommer fielen Stechmücken in schwarzen Wolken über sie her.

Beim Essen sah die Suppe aus wie Buchweizengrütze.

Die Mücken krochen in Nase und Mund.

Die Mücken krochen in Ärmel und Hosenbeine.

Die Stiche quollen auf. Die Stiche entzündeten sich. Pyodermie.

Mara sehnte sich nach Winter.

Der kam im Oktober mit unter minus dreißig Grad.

Der Schrei kam aus ihm.

Niemand störte sich an seinem Schrei, es war nicht der einzige in der Nacht.

Er störte sich am Traum. Der Traum hatte ihn nicht zu seinem Vater gebracht.

Es klingelt an der Wohnungstür.

Er macht die Tür auf.

Vor ihm steht ein großer Mann.

»Ich komme von der Wohlfahrt, ist deine Mutter zu Hause?«

»Mutti, da draußen steht ein Mann.«

»Ihr Mann hat einen Unfall gehabt. Ob er jetzt noch lebt, weiß ich nicht.«

Die Mutter eilt die Stufen hinab, hinaus auf die Straße. Drei Kilometer bis zum Krankenhaus geht sie zu Fuß.

Er läuft seiner Mutter hinterher. In seinem kleinen roten Mäntelchen. In gebührendem Abstand. Immer seiner Mutter hinterher.

Vater. War mit dem Motorrad aus einer Kurve getragen worden, mit dem Kopf gegen einen Briefkasten geflogen. Ein Postbote hatte ihn gefunden.

Andere Träume.

Er steigt auf einen Turm und will wissen, wie es ist, wenn er sich hinunterstürzt.

Er wachte auf dem Boden auf.

Er wird zur Exekution geführt.

Er wird erschossen.

Er fuhr hoch. Er dachte, Moment, du denkst ja noch, also lebst du.

Er sah die Zellenwand an, und sie löste sich auf.

Er läuft durch die große Wohnung am Sternplatz. Seit Vater einer von sechzehn Vertrauensapothekern in Dresden und Leiter der Heilmittelabgabe der Ortskrankenkasse geworden war, wohnten sie hier.

Er läuft durchs Schlafzimmer der Eltern, das Studierzimmer des Vaters, das Eßzimmer, die Stube, das Balkonzimmer, die Küche, die Diele.

Es gibt ein Radio, einen Diwan, Sofas, einen schweren Eßtisch, überall Bücherschränke, Vitrinen, Lüster, samtene Vorhänge an allen Fenstern. Die Decken sind hoch. Allein die Diele hat vierzig Quadratmeter. Vaters Dienstzimmer ist im obersten Stock. Er will einen weiten Blick haben.

Roland ist in der Hitler-Jugend. Heimatabende finden zu Hause statt. Vater toleriert es.

Sein Jugendzimmer ist voller Bücher. Karl May, Grimms Märchen, Sagen, Geschichtsbücher über die Kolonialkriege, Geschichten von Freikorpskämpfen in Litauen und Lettland. Goethe. Im Bücherschrank der Eltern Heinrich Mann, Homer, Hanns Heinz Ewers. Er nimmt sich ein Buch und legt sich auf die Chaiselongue im Balkonzimmer.

Roland liest nicht. Roland hat Zinnsoldaten. Roland ist achtzehn Jahre alt, er ist elf.

Er bewundert seinen älteren Bruder.

Roland will Sportler werden und Offizier. Rudolf Harbig trainiert ihn für die Olympiade in Finnland.

Er schläft in Rolands Zimmer, spielt mit den Zinnsoldaten und träumt von der Marine.

Auf dem Gut in Liddow auf Rügen drischt er Raps und Kleie. Manchmal acht Stunden am Tag.

Das Gut gehört einem Onkel, der von 1928 bis 1932 in Moskau war. Von Rußland hat der Onkel genug.

Mit ihm geht er spazieren. Es ist Sommer. Der Onkel erklärt ihm die Demokratie.

In den Ferien in Liddow fast jedes Jahr.

Frau Buchholz. Langes, blondes, gewelltes Haar, blaue Augen, Wespentaille im Gürtelkleid. Oft sieht er sie durch die Wiesen streifen. Ihre Handflächen berühren die Halme. Manchmal summt sie.

Er beobachtet sie. Sie pflückt Blumen. Sie pflückt Brombeeren.

Einmal geht er ihr nach bis zum Wasser. Sie läuft barfuß am Ufer entlang.

Er läuft aufs Ufer zu, läßt es wie zufällig aussehen. Er grüßt.

»Bist du nicht der Junge vom Gut?«

Er nickt.

»Wie heißt du?«

Er sagt seinen Namen.

Er sagt, »Das Gut gehört meinem Onkel.«

Sie sagt, »Kriegseinsatz?«

Wenn er freihat, sucht er sie, Frau Buchholz.

Sie sagt, »Du darfst Anna zu mir sagen.«

Er läßt Steine über das Wasser springen.

Als die Sonne untergeht, kann sie ihren Strumpf nicht finden.

Er findet den Strumpf und bringt ihn ihr.

Sie gibt ihm einen Kuß auf die Wange. Anna Buchholz

ist fünfundzwanzig und verheiratet. Er ist sechzehn und wird rot.

Brandschutz im Wettiner Gymnasium in Dresden. Bei Alarm packt er Helm und Maske, rennt die fünfzehn Minuten bis zur Schule und meldet sich zur Brandwache.

Luftwaffenhelfer. Im Februar 1943 Verpflichtung direkt gegenüber vom Zwinger. Zusammen mit den Klassenkameraden. Sie treten an. Sie geloben. Reihum. Marsch ab. Vormittags geht er zur Schule, nachmittags baut er Gefechtsstellungen.

Großkampfbatterie auf den Höhen über Dresden. Dreimal sechs Geschütze pro Batterie. Er ist Richtschütze. Am Arm ein blaues Dreieck mit den Buchstaben LH für Luftwaffenhelfer.

Sein Vater sagt, »Letzte Hoffnung.«

Arbeitsdienst in einem Munitionslager in Lübberstedt mit Leuten aus Polen von der Volksliste 3. Sie bauen Bunker, pflanzen Bäume, damit die Suchflugzeuge der Alliierten die Bunker nicht entdecken. Transportieren Bomben zu Güterwagen.

Einmal sieht er Frauen in Holzschuhen. SS-Aufseher befehlen den Frauen Halt. Eine Fuhre mit Kohlrüben wird abgekippt. Die Frauen rühren sich nicht. Ein SS-Mann brüllt. Die Frauen stürzen sich auf die Rüben und essen, soviel sie können. Die SS-Aufseher grinsen.

Am 20. Juli ist Alarm. Er trägt ein MG 26 gegen englische Fallschirmjäger und den inneren Feind.

Die ersten Toten sieht er in Dresden am 7. Oktober 1944. Danach wird er eingezogen. Einschiffung in Swinemünde im Februar 1945 auf einen Minenleger.

An seinem achtzehnten Geburtstag, am 7. Mai 1945, will er nur noch nach Hause. Am 15. Mai werden die

Männer nach Larvik gebracht. Er meldet sich zum Minensuchdienst.

Er dient in deutscher Marineuniform unter einem englischen U-Boot-Kommandanten. Im Juli übernehmen sie ein Boot in Horten. Horten ist Kriegshafen. Dort wird er zum Sperrwaffenmechaniker ausgebildet.

Am 19. Dezember 1945 starten sie bei rauher See von Oslo in Richtung Deutschland. Am 25. Dezember erreichen sie Kiel.

Anfang Januar 1946 besucht er eine Tante. Die Tante gibt ihm einen Brief des Vaters vom 17. Februar 1945.

»Meine lieben Jungen, daß wir am Leben sind, habt Ihr hoffentlich inzwischen erfahren. Ja, nun wissen wir auch, was Krieg ist, daß er aber sich so grauenvoll auswirken konnte, wie es hier in Dresden der Fall war, hätte ich niemals für möglich gehalten.«

Im Mai 1946 hört er auf einer Straße in Dresden eine Frauenstimme.

Mutti.

Ein paar Tage später ist er in Pirna. Festung Sonnenstein. Ab 1941 Adolf-Hitler-Schule und Wehrmachtslazarett. Er erfährt noch nicht, welche Verbrechen hier davor begangen worden waren.

Er verbringt vierzehn Tage mit Warten und Spaziergängen im Park hinter Mauern.

Er wird befragt. Mutter und Vater besuchen ihn.

Dann endlich nach Hause.

Er sucht seine alte Schule auf. Der Direktor führt ihn in eine Klasse. Am Pult steht ein alter Professor und liest dem Abiturlehrgang für Kriegsteilnehmer aus Dantes *Inferno* vor.

Anfang Januar 1953 wurden die zu fünfundzwanzig Jahren Arbeitslager Verurteilten nach Brandenburg-Görden verlegt.

»Gläserner Sarg.«

Er dachte, Zwölf stumme Männer trugen mich, in einem Sarge von Kristall, wie geht es weiter, zwölf stumme Männer …

Er sprach vor sich hin, ihm fiel ein, Man bette meinen Leib in einem Sarge von Kristall, trage ihn der Ebbe nach, bis, bis … Er wußte es nicht.

In Görden bekam er eine Nummer. 290 B. Mit dieser Nummer wurde er angesprochen. Mit dieser Nummer mußte er sich melden, wenn er angesprochen wurde.

In Brandenburg-Görden waren über dreitausend Gefangene.

Für über tausend zuwenig Platz.

Er kam mit sechs anderen in eine Drei-Mann-Zelle in Haus 3.

Er ritzte keine Striche in die Wand.

Zählte nicht die Tage.

Sein Kalender waren die Monatsbriefe von Christa.

Im Februar schrieb er an Ruth:

»Liebe Ruth,

vielen Dank für Deine lieben Zeilen. Leider gaben sie mir nicht die erhoffte Klarheit.

Nun muß ich Dir schreiben, wie ich die Dinge sehe.

Fünf Jahre sind eine lange Zeit und sie können einen Menschen sehr verändern. Kennen wir uns denn überhaupt noch? Wir wollen uns nicht täuschen, wir müßten ganz von vorne anfangen. Ich habe nicht einmal ein Bild von Dir und die wertvollste Brücke, die der Familienbildung, fehlt ganz.

Ich habe mein Leben immer mehr im Gefühl der Einsamkeit aufgebaut und bin stark dabei geworden. Ich weiß, daß mein Leben schwer sein wird, es wird rastlose Arbeit, Entbehrungen und Einsatz aller Kräfte fordern. Mein Leben wird im Dienste der Menschenliebe stehen, das allein mag es mit Sinn erfüllen. Ich mag kein selbstzufriedenes Dahinvegetieren.

Aber dieses Leben kostet meine ganze Person, und würdest Du stark genug sein, Dein Ich zu opfern? Kann ich verantworten, Dich in Deiner Täuschung zu lassen? Kann ich unter diesen Umständen das gegebene Versprechen halten? Es wäre leichtfertig von mir, alles der ungewissen Zukunft zu überlassen.

So muß ich aus meinem Verantwortungsgefühl heraus mein Versprechen lösen, Dir Deine Entscheidungsfreiheit zurückgeben.

Bitte betrachte Dich von jetzt an als ungebunden, ohne Pflichten mir gegenüber.«

Er dachte, Ich lebe auf einem anderen Stern.
Er dachte, Ich darf nicht verrückt werden.

Er suchte nach Versen in seinem Kopf.

Irgendwann konnte er siebentausend. Sie waren sein ganzer Besitz.

Ihm war nicht jeden Tag lyrisch zumute. Manchmal

philosophisch. Manchmal soziologisch. Manchmal ökonomisch. Er hatte die freiwirtschaftlichen Lehren Sylvio Gesells, er hatte Friedrich List gelesen.

In Gedanken arbeitete er.

Er geht ins Parteibüro. Manchmal bleibt er bis acht oder zehn Uhr abends. Sitzungen. Er ist in der Schiedskommission vom Landesverband. Er geht zum Bezirksverband in der Julius-Otto-Straße. In die Wartastraße in den Landesverband. Da ist Mischnick.

In Gedanken legte er sich die Zeilen für den Monatsbrief zurecht. An Christa:

»Was bist Du so traurig? Das darfst Du nicht sein. Das Leben ist so schön, und gedanklich sind wir doch immer verbunden.

Wir müssen nur lernen, im wesentlichen zu leben, dann wird alles andere klein und nichtig.

Sieh, ich kann glücklich sein, weil es nichts gibt, was meinem Bewußtsein willkürliche Grenzen zu setzen vermag, dringt nicht unser Schauen durch alle Tore hindurch, wenn wir nur an uns glauben – und an das, was wir erkannt haben, was uns als richtig erscheint?

Kennen wir denn unsere eigenen Kräfte und nutzen wir sie schon?

Wo bleibt der von Mauern umschlossene Raum, wenn wir gelernt haben, in freien, weiten Räumen zu denken?

Unser ganzes Gefühl werfen wir in die Waagschale des Lebens und es wiegt schwerer als alle Gewichte.

Ja, unsere Herzenswaage schlägt höher, wenn das Schicksal sie bricht.

Nimm ein Gedicht zur Hand von Hölderlin oder Rilke, Glaube mit Mozart und laß Dich von ihm erfüllen – und willst Du in die Abgründe schauen und nach Gipfeln zugleich, dann höre Beethoven – und Du wirst Zwiesprache halten mit mir.

Du wirst mich wiedersehen.

In vielem werde ich wiederkehren, in manchem wird ein anderer kommen.«

An seinen Bruder Roland:

»Wir können nicht isoliert zum Aufbau der Wahrheit gelangen, sondern nur im Verein unserer Mitmenschen. Deshalb kann ein starker Austausch der Meinungen uns von Nutzen sein, denn nur in der Dialektik der Gegensätze und ihrer Versöhnung in der Synthese, der Verschmelzung zu einer neuen gehobenen Einheit reift unsere Erkenntnis heran.

Sicher, es bedeutet manchmal Verdruß, diesen Kampf der Gegensätze zu suchen, es reißt uns aus schwacher, feiger Behaglichkeit und nimmt uns die Ruhe, wühlt unser Innerstes auf, drückt uns nieder und richtet uns doch wieder auf.

Es freut mich, wenn Du weiterstrebst und die Auseinandersetzung nicht scheust, denn unsere Zeit braucht Menschen und keine wankenden Hüllen.«

Der Maibrief seiner Mutter wurde ihm nicht ausgehändigt.

Notiert wurde: »Der o[ben]. G[enannte]. legte während seiner bisherigen Strafverbüßung eine schlechte Führung an den Tag. Er mißbrauchte des öfteren die Schreiberlaubnis und hetzte in seinen Terminbriefen gegen demokratische Einrichtungen. Er wurde aus diesem Grunde mit einer strengen Hausstrafe belegt. Im Umgang mit anderen Strafgefangenen ist er sehr vorsichtig und bringt seine eigene politische Einstellung nicht zum Ausdruck. Aus seinem bisherigen Verhalten ist zu erkennen, daß er ein Feind der DDR ist.«

Am 17. Juni 1953 wurden die Wachtürme mit Posten verstärkt. Aus der Stadt waren Sprechchöre zu hören. Dann Schüsse. Geschrei und Hundegebell. Männer wurden ins Lager geprügelt. Russische Kommandos waren zu hören. Zellen wurden geräumt, um Platz zu schaffen für die an diesem Tag Inhaftierten. Er lag mit neun Mann auf einer acht Quadratmeter großen Zelle. Der Leiter Allgemein sagte ihnen, sie sollten sich ja ruhig verhalten, und verteilte Zigaretten.

Im September 1953 sah Christa in seine Augen. Sie sah sie nachdenklicher vielleicht. Sie durfte eine halbe Stunde bleiben.

»Mutti«, sagte er.

Sie sagte, »Erzähl.« Und er erzählte von drinnen.

Er sagte, »Erzähl.« Und sie erzählte von draußen.

Er sagte, »Ich sehne mich nach Meer. Einmal den Blick nur schweifen lassen und keine Grenze haben als den Himmel.«

Die Mutter nahm die Hände des Sohnes.

Er sagte, »Ich bin glücklich, alles in allem, das können viele nicht verstehen.«

Sie sagte, »Das ist es, was mich froh macht.«

»Siehst du«, sagte er.

Manchmal wünschte er, er wäre nach Sibirien gekommen.

Er fürchtete sich nicht vor harter Arbeit in Eis und Schnee.

Er dachte, Dort wäre ich wenigstens draußen.

Ein einziges Mal erst hatten sie ihn hier in Brandenburg-Görden zur Arbeit gerufen.

Im März des letzten Jahres in die Schneiderei.

Nach einem Tag hatten sie ihm gesagt, Ungeeignet. Zurück auf die Zelle.

Jetzt war Januar. 1954.

Monotonie.

Er dachte, Du suchst die Welt in deinen Bann zu schlagen, du stemmst mit Macht ihr einen Druck entgegen, du hoffst, Gedanken in den Tag zu jagen, und denkst, doch alles Denken bleibt verwegen.

Er schrieb schon den dritten Brief, obwohl nur einer pro Monat erlaubt war.

Er schrieb, was er dachte und fühlte.

Was er geschrieben hatte, wurde gelesen.

VP Bäker sagte, »Was fällt Ihnen ein?«

Er sagte, »Die Wahrheit.«

VP Bäker sagte, »Werden Sie nicht frech, oder.«

Er sagte, »Es kommt auch für mich mal anders.«

VP Bäker bat die Anstaltsleitung, Hübner den Monatsbrief für Februar und den Paketschein für März zu streichen.

Begründung: Hübner ist frech, zynisch und herausfordernd in seinem Betragen. Sagt, seine fünfundzwanzig Jahre sitzt er nicht ab.

Am 13. Mai durfte Christa ihren Sohn sehen, wieder nur für eine halbe Stunde. Bevor sie ihn sah, mußte sie eine Stunde warten.

Sie dachte schon, sie würden sie nicht zu ihm lassen. Sie dachte auch, Ich bleibe so lange sitzen, bis …

Am 4. Juli, es war ein Sonntag, hörte er mit den anderen aus den Lautsprechern auf der Etage Radio. Ungarn gegen Deutschland im Endspiel in Bern.

Die Gefangenen stimmten die Deutschlandhymne an.

Die Posten rannten.

Die Posten schrien, »Aufhören!«

Die Türen wurden verriegelt. Die Übertragung beendet. Tausende Gefangene sangen das Lied zu Ende. Sie wußten nicht, daß nur noch die dritte Strophe gesungen werden durfte.

Er dachte, Wenn ich hier rauskomme, 1975, bin ich achtundvierzig Jahre alt.

Am 28. August wieder Besuch von Christa und noch einmal am 30. November.

Sie saßen sich an einem Tisch gegenüber.

Er verschwieg, daß er immer nur einen Brief von ihr, den letzten, behalten durfte, den er las und las und las, bis er ihn auswendig konnte.

Er verschwieg, wie sehr er sich an den Gesichtern satt gesehen, an den Gesprächen satt gehört hatte. All dieser Männer. Überall Männer. Wieviel Kraft es kostete, das Sich-Unterordnen, das Auf-der-Hut-Sein, das Ertragen der Intrigen, das Nichtstun, das Widerstehen.

Er verschwieg den Hunger, den Stumpfsinn. Die Mutlosigkeit. Die Leere, die ihn doch in mancher Stunde überkam.

Er ließ sie wissen, sein Glaube sei stark. Seine Hoffnung ungebrochen.

Sie erzählte vom Tod seines Freundes Wolfgang Espig. Wolfgang, der einen Tag vor ihm verhaftet worden und mit dem er in Untersuchungshaft am Münchner Platz gewesen und der zu zwanzig Jahren verurteilt worden war, der zweimal versucht hatte, sich die Pulsadern aufzuschneiden, mit dem er ins Gelbe Elend gekommen und dem es gelungen war, zu einem katholischen Kaplan aus Leipzig zu kommen. Der hatte sich um Wolfgang gekümmert, bis er entlassen wurde, ein Hoffnungsschimmer auch für ihn, der blieb.

Christa sagte, »Wolfgang ging nach Westdeutschland und fing an zu studieren. Er kannte sich nicht mehr aus, hat E 605 geschluckt, ein Pflanzenschutzmittel, und notierte bis zum letzten Augenblick, wie es wirkte. Im Abschiedsbrief stand, wenn ich Abraham wäre, hätte ich Isaac unter dem Messer verbluten lassen.«

Er dachte, Mischnick, der mein Freund ist, dem ich geholfen habe, der jetzt im Westen ist, wird etwas für mich tun.

Er war sich sicher.

Mara lehnte ihr Gesicht an den Kopf des klapper-dürren Pferdes. Es hieß Mamka.
Rette dein Gesicht, dachte sie.
Ein Eßlöffel Öl war die Ration für vier Wochen. Im Winter rieb sie sich jeden Morgen das Gesicht damit ein. Im Winter trug sie wattierte Hosen, eine Schapka, die russische Mütze, Filzstiefel und gesteppte Handschuhe.

Mara war zum Holzschlagen eingeteilt. Sieben Tage die Woche. Drei Bäume am Tag. Bei nur zweien gab es weniger Brot. Dann aßen sie die Rinde von Bäumen.

Im Morgengrauen marschierte die Brigade in den Wald.

Die Wege festgetretene Schneewälle.

Die Axt rutschte aus den erfrorenen Fingern, die nur Klavierspiel kannten.

Die Säge fraß sich fest im Stamm. Der Frost sich durch die Kleidung in die Knochen.

Manchmal erhob sich ein Sturm.

Mara spürte nur so kurz die Wärme des Pferdes an ihrer Haut, daß sie nicht barsch aufgefordert wurde, weiterzuarbeiten.

Der Baum neigte sich. Fiel. Die Frauen wischten den Schweiß von den Gesichtern.

Die Baumstämme mußten zersägt und auf Schlitten geladen werden.

Nicht Pferde zogen die Schlitten zum Lager. Im Geschirr standen Frauen. Manchmal, wenn Wege abschüssig waren, konnten die Frauen die Schlitten nicht halten. Sie sprangen aus dem Geschirr, der führerlose Schlitten überraste den vorderen. Holz splitterte. Und Knochen brachen.

In der Zeit, in der der Boden metertief gefroren, das Wasser rar war, es nur Haferbrei gab, morgens und abends, die Frauen leise Adventslieder sangen, kamen die Wölfe bis an den Zaun heran und heulten.

Die Deschurnye, die Wachhabenden, sagten, die Wölfe seien hungrig.

Nachts, auf ihrer Nary, fror Mara an der Wand an.

Mara wurde krank. Als sie zu krank war, wurde sie in das Krankenlager bei Bratsk gebracht. Im Viehwaggon, in der Mitte ein Kanonenofen, um den Soldaten saßen, lag sie auf dem Boden, bis der Zug hielt. Zwei Frauen stützten sie fünf Kilometer lang auf dem Fußweg.

In einer Baracke lag Mara im fiebrigen Delirium. Jemand gab ihr Spritzen, flößte ihr Flüssigkeit ein und wartete, ob sie sich für den Tod entschied oder für das Leben.

Als sie sich entschieden hatte, bekam sie Brot, Suppe und Kascha oder Kartoffeln.

Nach zehn Tagen durfte sie sich waschen. Umhüllt mit einer Decke, ging sie zur Banja durch den Schnee. Im Waschraum ein Holztrog mit lauwarmem Wasser, ein Stückchen Seife, Soda für das Haar.

Alle übrigen Tage vor dem nächsten zehnten Tag gab es morgens einen Becher Wasser, das die Kranken entweder tranken oder mit dem sie sich wuschen.

Manche aus Maras Krankenbaracke, die nicht gesund

werden wollten, zerstießen Zucker, Mara wußte nicht, woher sie ihn hatten, zu Staub, löffelten ihn auf ein Mulltuch, legten sich auf die Betten, das Mulltuch auf Mund und Nase, und atmeten.

Nachdem sie lange genug geatmet hatten, nahmen sie die Tücher ab, die Gesichter blaß, die Lippen bläulich.

Der Zuckerstaub verklebte Bronchien und Lungenbläschen. Beim Abhören gab das Geräusche wie bei Tuberkulose.

Mara hätte gerne nach Hause geschrieben. Als Deutsche durfte sie das nicht. Auch nicht vom nächsten Lager. Da Mara keinen Brief nach Hause schreiben durfte, schrieb niemand an sie.

Sie hätte auch tot sein können.

Mara durfte kein Russisch lernen. Sie lernte es trotzdem. Russisch lernte sie von einer, die Deutsch konnte, als sie von Sonnenaufgang bis Sonnenuntergang wieder Bäume fällten, zu Schwellen sägten, Schotter schaufelten für die Eisenbahnlinie Baikal-Amur.

Im Frühjahr wurde der Boden weich. Gab nach. Rutschte weg. Dann mußte der Bahndamm repariert werden.

Später wird es heißen, unter jeder Schwelle läge ein Toter.

Als Deutsche durfte sie auch nicht im Lagerkiosk einkaufen.

Als Deutsche erhielt sie kein Paket mit Speck und luftgetrockneter Wurst und Zucker und Knoblauch als Vitamin.

Von der, die ihr Russisch beibrachte, bekam Mara manchmal eine Portion Margarine, etwas Grieß.

Als Mara schon ein wenig Russisch sprechen konnte, verloren die Russinnen etwas von der Abneigung gegen die Njemka.

Mara lernte nun, wie man einen Kuchen buk. Vom Munde abgespartes Brot in kleine Stücke brechen und in einer Blechschüssel auf dem Feuer dunkelbraun werden lassen. Das Brot mit kochendem Wasser übergießen und für vier Stunden warm stellen. Den vom Munde abgesparten Zucker dazugeben und zehn Stunden an einer warmen Stelle ziehen lassen.

Die Schlagsahne war aus Grieß und Zucker. Torte mit Schlagsahne gab es an Feiertagen. Dazu Tee und Zuckerstücke von den Russinnen.

Sie hörte Verse von Lermontov, Puschkin, Blok.

Die Russinnen sammelten Gedichte.

Mara sagte den deutschen Frauen, dasselbe zu tun. Sie wollte die Gedichte aufschreiben.

Sie aß zwei Tage kein Brot.

Erhungerte sich zwei Hefte. Ein blaues und ein braunes.

In das braune Heft schrieb sie die Gedichte. Hesse, Rilke, Hebbel, Tagore, Goethe, Isolde Kurz, Mörike, Humboldt, Jean Paul, Eugen Roth, Otto Sommersdorf.

So entstand die »Gedächtnisbücherei«.

Sie schrieb mit einem Bleistiftstummel, den sie getauscht hatte gegen Machorka – Tabak – und Brot. Das war die Währung hier. Oder ein Mantel. Oder eine Wattejacke. Oder Streichhölzer.

Manchmal dichtete sie selber.

Warte, wenn der Schneesturm tobt,
wenn die Sonne glüht,
wenn ums Warten sich keiner mehr bemüht,

wart, wenn sich aus fernem Land keine Nachricht regt,
warte noch, wenn um dich her keiner Hoffnung hegt.

Zu Weihnachten, zu Geburtstagen und an den Abenden sang Mara für sich und die deutschen Frauen, mehr als vierzig unter tausend waren sie nie, gegen die Ungewißheit an.

Die Lagerleitung verbot die deutschen Lieder, das Singen verbot sie nicht.

Sie hörte die Blatnoi. Die sangen von der Sehnsucht nach Freiheit. Pa tundre pa zheleznoi daroje.

Sie lebte.

Mit der, die Deutsch konnte, übersetzte Mara Lieder ins Russische. Die Texte und Noten schrieb sie in das blaue Heft. Nun sang sie auch für die russischen Frauen. Ukrainerinnen. Tatarinnen. Lettinnen.

Die Lagerleitung genehmigte ein Konzert. Mozart, Künneke, Dostal, Léhar. In Sibirien.

Der Eintritt zwanzig Gramm Brot, so hatten es die Frauen beschlossen. Für ihre sibirische Nachtigall.

Vier Kilogramm konnte Mara behalten und aß sich einmal satt.

Die Lagerleitung erlaubte vierzehn Tage Arbeitserleichterung und eine Wiederholung. Stiftete Verbandsrollen.

In arbeitsfreien wachen Stunden nähten die Frauen die Bänder zu Spitze, stickten die Fäden zu Mustern, Meter um Meter. Eine Russin gab Mara Pulver in Schwarz. Das Farbpulver hatte sich die Russin in einem Paket schicken lassen. Die Bänder wurden ein Kleid. Das Kleid wurde gefärbt. Aus Stanniol formten die Frauen Schmuck für den Ausschnitt.

Sie lachte mit den Frauen, die ihr Geschichten erzählten, wenn sie erschöpft und hungrig auf ihren Narys in der Baracke lagen. Nur wenn sich die Frauen nachts einander näherten, stellte sie sich schlafend, bis es dämmerte.

An einem kühlen Morgen nahm eine sehr viel ältere russische Frau Maras Gesicht in ihre Hände, küßte die rechte Wange, die linke Wange, die rechte, die linke.

Die viel ältere Frau bekreuzigte sich.

»Sobaka umerla! Sobaka umerla!« sagte sie. Der Hund ist tot.

Das war im März 1953.

Stalin war gestorben.

Gerüchte kamen auf. Erwartungen. Änderungen. Keine Nummern mehr auf Jackenärmel, Rücken und Brust. Kein endloses Abzählen nachts auf dem Hof. Die Wachposten weniger scharf. Die Baracken nachts nicht mehr verschlossen.

Erste Entlassungen.

Mara war nicht dabei.

Der Sommer kam.

Mara mochte, wie er sich zeigte. Hüfthohes Gras. Birken. Blaßgelber Mohn.

Vor den Baracken Blumenrabatte. Auf Rasenflecken Wäsche, auf Stangen sich bauschende Tücher. Die Sonne heiß am makellosen Himmel. Wenn sie nur all das im Blick hatte, war sie einen Moment lang zu Hause.

Wie sich der Sommer anfühlte, mochte Mara nicht. Heiß die Sonne, schwer die Luft, aufdringlich die Düfte. Auch nachts in der Baracke.

Neuankömmlinge erzählten von einem Volksaufstand in Ost-Berlin.

Mara dachte noch viel inniger an ihren Sohn und an die Mutter. Götz war bald vierzehn Jahre alt. Fast ein junger Mann. Wie er wohl aussehen mochte. Was er wohl machte. Sie beruhigte sich mit der Vorstellung, daß er beim Vater war.

Sie beruhigte sich mit der Vorstellung, daß die Mutter freigekommen war. Daß sie in Dresden lebte.

Mara verbot sich Sehnsucht. Versuchte es. Sehnsucht schwächte. Schwach durfte sie nicht sein, wenn sie die Ihren wiedersehen wollte.

Lieber lachte sie.

Auch an diesem Ort, der jetzt ihr Leben war.

Im neuen Jahr schrieb er:

»Wolfgangs Tod hat mich sehr bewegt, und auch heute noch verspüre ich, daß in mein Leben eine Lücke gerissen ist.

Wie es so oft im Leben ist, allein zu wissen, daß ein geschätztes und geliebtes Wesen lebt, beruhigt uns, auch wenn es uns nicht immer gegenwärtig ist, um so schmerzhafter drückt uns dann jenes große Nichts, das ein Gewesensein und den Tod bedeutet.

Aber auch dies soll uns nur noch näher an das Leben bringen und ihm verpflichten, daß wir es heißer und inbrünstiger lieben und so unseren Dank abtragen für das große Geschenk der alleinigen, allewigen Natur.«

Die vier Wochen, bis er der Mutter wieder schreiben durfte, die vier Wochen, bis er wieder einen Brief von ihr in den Händen hielt, eine Ewigkeit.

Die Zeit zwischen den Besuchen fing er erst gar nicht an zu messen. Der erste Besuch im März, der zweite im Juni.

Am 30. Juli 1955 wurde ihm ein Sonderbrief gestattet.

»Liebes Muttelchen, ich bin in der angenehmsten Stimmung, lasse nicht den Kopf hängen, sondern erfreue mich wieder schöner Gedanken. Glaub nicht, daß es Galgenhumor ist, nein, gewiß nicht.

So, nun stell Dir mal ein Gläschen Kognak hin oder besser zwei, einen zum Anregen und einen zum Verdauen, ich habe Dir nun etwas Amtliches mitzuteilen, das Dich hoffentlich nicht umwirft.

Um ganz sicherzugehen, setz Dich in einen schönen, weichen Sessel.

Nun klopft das Herzchen schon, nicht wahr?

So, bist Du bereit, die Kunde zu hören? Ja?

Also, stell Dir vor, ich bin durch einen Gnadenerlaß des Präsidenten der Deutschen Demokratischen Republik fürs erste in meiner Strafe um zehn Jahre herabgestuft worden.

So, nun spül die verbliebenen mit einem Kognak herunter und rechne nicht nach, wie viele es noch sind.

Du rechnest bestimmt falsch.

Meine Gedanken sind bei der Freiheit.

Sei tapfer und leb wohl mit 1000 Küssen!«

Anfang September Besuch von Christa. Sie hatten wie immer eine halbe Stunde.

Sie sah, er war frisch geschoren, blaß und schmal. Sein Lächeln konnte sie nicht täuschen.

Sie sagte, »Die ersten sechshundert Spätheimkehrer aus der Sowjetunion sind in Friedland eingetroffen.«

Er sagte, »Die Sowjetunion hat die DDR zum souveränen Staat erklärt.«

Sie sagte, »Laß uns sehen, was das neue Jahr bringt.«

Er sagte, »Fährst du zur Tante oder Cousine?«

Sie sagte, »Ich werde in der Adventszeit da sein und zu Weihnachten.«

Und sie fing an zu erzählen, wie es sein würde. Sie vergaß, daß es ihn schmerzen könnte.

An seinem Auge zog eine Reihe Festtage vorüber. Er sah den Tannenbaum im Speisezimmer, den er zusammen mit dem Vater schmückte, er roch den Duft von Gebäck aus der Küche, er sah sich vor der Bescherung vor Ungeduld fiebernd durchs Schlüsselloch lugen.

Er sah ihre Hände, die seine in ihre nehmen wollten.

Der Wachposten sagte, »Berühren verboten.«

Er sagte, »Geh und bleib für eine Weile bei der Cousine oder Tante.«

Sie wußte, er meinte, geh nach Westberlin.

Wie konnte sie gehen, solange er hier war. Das waren ihre Gedanken.

Wenn sie blieb, würde er nach Dresden entlassen, sollten sie ihn entlassen. Das waren seine.

Wenn sie nach Westberlin fuhr, fuhr sie zu Roland.

Sie sagte, »Ich war da. Ich habe Bücher gebracht.«

Er sagte, »Geh und bleib.«

Der Wachposten sagte, »Die Zeit ist um.«

Ende September 1955 kam er in die Schneiderei.

Er dachte, Endlich Arbeit.

Ende Oktober der Befehl, Uniformhosen für die kasernierte Volkspolizei zu nähen.

Er dachte, Das mache ich nicht.

Er meldete sich beim Aufsicht führenden Polizeimeister. Dessen Spitzname war Icke.

Er sagte, »Strafgefangener 290 B meldet, er kann den erwarteten Anforderungen nicht entsprechen. Er bittet um Ablösung von der Arbeit.«

Icke sagte, »Se sind sich der Folgen bewußt?«

Er sagte, »Ja.«

Icke sagte, »Dit wird bestraft, sag icke Ihnen, 290 B. Überlejen Se sich ditte.«

Er sagte, »Zu überlegen gibt es da nichts.«

Er kam auf »Rot«. Einzelhaft. Keine Lektüre, keine Beschäftigung. Die Wände rückten näher. Die Nächte wie im Sarg.

Tags wurde die Eisenpritsche hochgeklappt. Kein Liegen, kein Sitzen. Nur:

Vier Schritte vor, vier Schritte zurück.
Ein Weg, der sich in Hirn und Sohlen brennt
Und voll Gedanken, die nur einer kennt.
Die Schrittgedanken, täglich tausend Stück,

Und jeder Schritt löst einen Augenblick
Ein Körnchen ab vom Lebensfundament.
So wird die Zeit zerkleinert und zertrennt
In Schritte aufgelöst, im Weggeschick.
Bald bist du müde, hast dich hingesetzt,
um wieder aufzuspringen wie gehetzt,
Im Kreise weiter durch den Tag zu wandern.
Das Jahr um Jahr, so eines nach dem anderen;
Wohl Kontinente weit – bis du zuletzt
Im Schlafe träumend noch im Kreis mußt wandern.

In der Abgeschiedenheit teilte er sein Leben nicht ein in Glück oder Unglück.

Er wollte überleben.

Die Zellenwände links und rechts wichen steilen, schneeigen Bergen über Wasser und gespiegelt im Wasser. Wasser und Land eins. Feindselig schöne Welt. In der er gewesen war.

Er war auf dem Minenschiff »Linz«, das mit Bäumen getarnt zwischen norwegischen Schären lag. Oder er ging durch den Wald, im Mai nach Kriegsende, in Larvik am Ausgang des Oslofjords. Heller nordischer Himmel.

Polarlicht, dachte er.

Er dachte an Ruth. Auch wenn er die Verlobung vor über zwei Jahren gelöst hatte, um sie nicht an sich und ihr Versprechen zu binden, war sie sein Mädchen, war er oftmals am Tage mit seinen Gedanken bei ihr. Manchmal flüchtig nur, doch oft in langen Gesprächen.

Er dachte an Christa. Er hatte Angst um sie. Angst vor ihrem Tode.

Er dachte, Warum soll mir nicht auch dieses noch zustoßen.

Am 3. Juni 1956 erreichte die Verwaltung der Haftanstalt Brandenburg-Görden ein Brief:

»Hiermit teile ich Ihnen mit, daß ich anläßlich eines Besuches bei meiner Cousine in Berlin (West) schwer erkrankt bin, mich einer schweren Unterleibsoperation habe unterziehen müssen und mich z. Z. noch im Krankenhaus aufhalte.

Nach meiner Genesung wird es mir nicht mehr möglich sein, nach Dresden zurückzukehren, da ich Pflege haben muß und solche von meiner Cousine erhalten kann, denn in Dresden habe ich keine Angehörigen.

Ich bin die Mutter des Häftlings Dietrich Hübner, geb. 7. 5. 1927 (290 B9) und stehe im 63. Lebensjahr.

Aus diesem Grunde darf ich nochmals die herzliche Bitte an Sie richten, wenn es nur irgend möglich ist, meinen Sohn recht bald zu entlassen, damit ich ihn noch einmal wiedersehen kann.«

Am 22. Juni 1956 kam er nach neun Monaten aus der Einzelhaft auf »Grün«. In eine Gemeinschaftszelle.

Ein Auftauchen. Aussteigen aus einer Kapsel. Rückkehr in die Kabine. Begrüßung der Mannschaft. Seeoffiziersanwärter wie er. Gewöhnungsbedürftig der Lärm, die Gerüche, die Enge, die Menschen. Sie waren ihm zuviel.

Nachdem er auf »Grün« gekommen war, bekam er wieder Post. Von seinem Bruder. Roland schrieb von einer schweren Erkrankung der Mutter und daß sie nicht nach Dresden zurückkehren werde.

Er dachte, Sie ist also gegangen.

Brachte nach und nach Teller, Tischwäsche, Wäsche, Besteck, alles, was sie in Koffern tragen konnte, nach Berlin. Immer nur so viel, daß es aussah, als trüge sie Geschenke, sollte sie kontrolliert werden.

Der Schrank im Schlafzimmer ausgeräumt.

Die Küche spärlicher bestückt.

Die Bücherschränke so gut wie leer.

Die Wohnung verlassen, bevor sie sie verließ.

Sie ging nochmals durch die Zimmer. In der Küche blieb sie stehen und blickte lange aus dem Fenster.

Sie machte die Wohnungstür zu. Zweimal drehte sie den Schlüssel im Schloß. Sie rüttelte an der Tür.

Sie verließ das Haus in Richtung Bahnhof.

Er dachte, Vielleicht habe ich sie bei ihrem letzten Besuch zum letzten Mal gesehen.

Sein Schiff schwankte.

Er stand unter Beobachtung. Das wußte er. Trotzdem verstellte er sich nicht. Er sprach mit jedem, der mit ihm sprach.

Vier Tage später hörte er: »Strafgefangener 290 B raustreten.«

Er blieb kühl. Er folgte dem Posten ohne Bedenken.

Er dachte, Kannst eh nichts machen. Bleib ruhig und warte ab.

Die anderen blickten ihn an, dann ihm nach, als er sich mit dem Posten entfernte.

Er lief durch Gänge, treppauf, treppab.

Erleichterung erst vor der Tür mit dem Schild Tischlerei. Im Knast hieß sie Fingerfriedhof.

Herstellung von Küchenmöbeln. Er mußte Seitentüren mit Beschlägen versehen. Vierzig Türen täglich. Das war die Norm von einhundert Prozent. Er überschritt sie nie.

In den Küchenmöbeln wurden Nachrichten versteckt. In Türen eingebaut und die Seriennummern der Küchen über einen Gewährsmann vom Wachpersonal an eine Westberliner Adresse und dann dem RIAS zugestellt. Der Sender sollte die Bevölkerung der DDR aufrufen, diese Küchen zu kontrollieren.

In der Tischlerei lernte er Brundert kennen.

Willi Brundert aus Halle. SPD-Mann seit 1930. Mitglied des Reichsbanners Schwarz-Rot-Gold. Vorsitzender der Sozialistischen Studentenschaft. Kontakt mit Adolf Reichwein, Carlo Mierendorff, Theodor Haubach. 1941 Einberufung zur Kriegsmarine. 1944 britische Gefangenschaft. Ab 1946 Ministerialdirektor im Wirtschaftsministerium von Sachsen-Anhalt, ab Mai 1948 Professor an der Universität Halle. 1949 Verhaftung. Einzelhaft, bis er in die Tischlerei kam.

Brundert sagte, »Wurde in die Schwerverbrecherkategorie eingereiht. War für die britischer Agent des angloamerikanischen Monopolkapitals, weil ich als Kriegsgefangener in Wiltonpark war.«

Brundert sagte, »Besonders Haubach und ich waren eng verbunden. Unsere Wohnungen in Berlin-Wilmersdorf waren ab 1939 abwechselnd Stätten der politischen Aussprache mit Freunden.«

Bundert sagte, »Conti Affäre.«

Er zuckte mit den Schultern.

Brundert sagte, »Nach der Enteignung der Deutschen Continental Gas Gesellschaft wurde mir vorgeworfen, als ehemaliger Ministerialdirektor im Ministerium für Wirtschaft in Sachsen von Verschiebung von Vermögenswerten in den Westsektor gewußt, aber nichts dagegen unternommen zu haben. Der Generalstaatsanwalt wies die Vorwürfe zurück. Der Fall wurde einem neuen Generalstaatsanwalt übergeben. Die Verhandlung fand vom 24. bis 29. April 1950 im Anhaltinischen Landestheater in Dessau statt.«

Mit Brundert waren acht weitere angeklagt. Der Polizei wurden zwei Offiziere und einhundertzwanzig Wachmänner einschließlich vierzig Mann Kripo zusätzlich zur Verfügung gestellt. Zur Sicherung der Justizhaftanstalt, der Bewachung der Gefangenen und der

Vorführung derselben zur Verhandlung wurden 1:27 VP-Angehörige eingeteilt.

Bekleidung der Bewacher: Schirmmütze, lange Hose, blaues Hemd, roter Binder, Schnürschuhe, Tuchmantel, warme Unterwäsche. Zusätzlich: Eßbesteck, Waschzeug, Pistole und Marschverpflegung für zwei Tage.

Die Oberpostdirektion richtete zur Übermittlung von Fernsprech- und Fernschreibgesprächen für Pressevertreter im Landgerichtsgebäude ein Sonderpostamt ein. Sechs Kriminalisten wurden für die Abwicklung eingesetzt. Siebzig Kriminalisten zur Überwachung der Fahrer von Reportern westlich orientierter Zeitungen.

Am 24. April 1950 Überführung der Angeklagten aus der Untersuchungshaft in Gommern nach Dessau.

Transport in zwei Pkws, begleitet von vier Krädern mit Fahrer, Beifahrer und Soziusfahrer der motorisierten Schutzpolizei Halle-Zöberitz. Die Fahrstrecke zwischen Gommern und der Justizhaftanstalt Dessau war gesichert durch Schutz- und Kriminalpolizeikräfte. Besonderes Augenmerk lag auf Eisenbahnübergängen, großen Kreuzungen, geschlossenen Ortschaften und Brücken.

In der Justizhaftanstalt nahm ein Kalfaktor vom Essen der Häftlinge eine Probe.

Für die Betreuung der Häftlinge durch einen Arzt war gesorgt.

Den Vorsitz der Verhandlung hatte Hilde Benjamin.

Brundert sagte, »Gesicht hart, Mittelscheitel, die Zöpfe zum Kranz gesteckt. Rote Hilde. Rote Guillotine, Blutige Hilde. Keine Sanftmut. Kein Erbarmen.«

Er sagte, »Volksgerichtshof.«

Anfang November 1956 schrieb Roland erstmals an den früheren Minister für Justiz Thomas Dehler, jetzt Bundesvorsitzender der FDP:

»Als Vorsitzender des Bezirksverbandes Kreuzberg darf ich mich in der Frage der politischen Häftlinge an Sie wenden. In den letzten Tagen ging durch Presse und Rundfunk die Nachricht, daß Laborabgeordnete in dieser Angelegenheit bei dem Mitglied des ZK Matern vorstellig wurden. Auch hat der Vorsitzende der SPD in Berlin Franz Neumann vor einiger Zeit eine Liste der noch nicht zurückgekehrten politischen Häftlinge sowjetzonalen Stellen übergeben. Leider haben wir einen solchen Vorstoß noch nicht unternommen.

Wie mir als Ausschußmitglied im Notaufnahmeverfahren Berlin bekannt ist, haben alle Ostbüros der Parteien weitestgehend Namen von politischen Häftlingen festgehalten. Von unserem Berliner Ost-Büro ist mir gleichfalls bekannt, daß Material darüber vorliegt.

In diesem Zusammenhang erlaube ich mir, meinen Bruder Dietrich zu erwähnen. Mein Bruder war Organisationsreferent der LDP in Dresden, er wurde am 13. Juli 1948 vom MWD mit weiteren Parteifreunden festgenommen und im März 1950 von einem sowjetischen Militärtribunal zu 25 Jahren Haft verurteilt. Im Jahre 1955 wurde seine Strafe um 10 Jahre herabgesetzt, so daß er insgesamt 15 Jahre zu verbüßen hat. Er befindet sich in der Strafanstalt Brandenburg-Görden/Havel. Wesentlich ist ferner, dass die Schuld an seiner Festnahme der frühere Generalsekretär der Zonen-LDP Herbert Täschner trägt. Herr Mischnick kennt sowohl meinen Bruder als auch Täschner. Ich erwähne das auch im Zusammenhang mit möglichen Verhandlungen, die mit Angehörigen der LDP geführt werden.

Lieber Parteifreund Dehler, ich persönlich und gleichfalls die Mitglieder meines Bezirksverbandes würden es begrüßen, wenn wir als Partei, ähnlich wie es die SPD bereits unternommen hat, gleichfalls Listen politischer Häftlinge bei sowjetzonalen Regierungsstellen einreichten, um u. U. dadurch die Freilassung unserer politischen Freunde zu erreichen.«

Kurz darauf bekam Roland einen Brief von Wolfgang Mischnick.

Er habe über Herrn Genscher, Assistent der Bundestagsfraktion, bei Herrn Dr. Dehler darum gebeten, daß er sich besonders für seinen Bruder einsetzen möge. Um das zu ermöglichen, benötige Herr Genscher einen Auftrag bzw. eine Einverständniserklärung, daß er, Roland, als nächster Verwandter damit einverstanden sei, daß Dr. Dehler sich für seinen Bruder einsetze.

Mischnick bat Roland, sich direkt mit Hans Dietrich Genscher in Verbindung zu setzen, um ihm mitzuteilen, wie eine solche Bestätigung aussehen soll.

Thomas Dehler nahm sich der Angelegenheit an.

Am 28. August 1956 reichte Dehler mittels Strafprozeßvollmacht, unterzeichnet von Christa, beim Staatsanwalt in Ost-Berlin ein Gnadengesuch ein.

Die Generalstaatsanwaltschaft der DDR forderte daraufhin von der Anstaltsleitung in Brandenburg-Görden einen Führungsbericht an.

»Die Führung des Hübner entspricht nicht immer der Hausordnung. Des öfteren muß er auf die Einhaltung derselben hingewiesen werden. So versuchte er mehrmals, bei der Freistunde mit anderen Strafgefangenen Verbindung aufzunehmen.

Der Anordnung des Aufsichtsdienstes kommt er nur widerwillig nach.

In Diskussionen mit anderen Strafgefangenen ist er sehr vorsichtig und bringt seine Meinung zu unserem Arbeiter- und Bauernstaat nicht zum Ausdruck.

Das Strafmaß erscheint ihm zu hoch.

Eine bedingte Strafaussetzung nach § 346 der StPO wird abgelehnt.«

Christa schrieb an den Botschafter der UdSSR und an Johannes Dieckmann, den Präsidenten der Volkskammer:

»Er hat doch weiß Gott nun nach fast neunjähriger Haft ausreichend gebüßt, so daß es ein Akt der Menschlichkeit wäre, ihn nun endlich auf freien Fuß zu setzen.

Ich weiß, sehr geehrter Herr Präsident, daß Ihnen mein Sohn kein Unbekannter ist, und bitte Sie inniglichst, sich dieses Falles anzunehmen.«

In Brandenburg-Görden verschärfte sich der Vollzug für einige Zeit. Filmbesuche, Kultur, der Einkauf in der HO waren nur noch Vergünstigungen, keine Selbstverständlichkeit mehr. Der Besuch in der Gefangenenbibliothek wurde eingeschränkt. Licht gab es nur zum Essen und Zeitunglesen. Zum Lesen kam er, wenn überhaupt, nur noch sonntags. Schillers *Don Carlos*.

Zwischen 19.30 Uhr und 20 Uhr Licht aus.

Danach doppelter Einschluß.

Bettruhe ab 22 Uhr. Wenigstens mußten sie nicht mehr auf Strohsäcken liegen.

In der Freistunde, in der er und andere im Gehen geredet, in der sie darum die Mauern für Minuten vergessen hatten, galt wieder absolutes Sprechverbot.

Er dachte, Die Gespräche mit Brundert, der im März entlassen worden war, vermisse ich zuweilen.

Am 6. Juli 1957 wurde das Ministerium des Innern im Strafvollzug Brandenburg in einem Schreiben vom Präsidenten der Deutschen Demokratischen Republik aufgefordert, dem Inhaftierten Hübner mitzuteilen, daß dem Gesuch seiner Mutter in der Befürwortung durch Dr. Dehler / Bonn nicht entsprochen werden kann.

Eine nochmalige Herabsetzung der Strafe auf dem Gnadenwege scheide aus.

Ihm sollte Gelegenheit gegeben werden, Christa Mitteilung davon zu machen.

Er bekam die Gelegenheit.

Am 4. Oktober 1957 flog »Sputnik 1« ins Weltall.

Wenn er ins Dunkel sah, dachte er, In den Bergen um mich herum ist die Erde schwarz.

Er wanderte im Gebirge bei Dresden. Gelbgrau die Felslabyrinthe. Üppiges Grün und Luft. Viel Luft. Vom Regen feucht. Der Himmel grau von Wolken, die mit einem Mal aufrissen. Und dann der Blick ins Tal. Nebeldunst stieg in der Sonne auf.

Caspar David Friedrich, dachte er.

Danach wurde die Zelle ein Fjord. Sein Bett ein Schiff. Wie so oft. Er blickte sich um und glitt mitten in diese Umgebung hinein. Die steilen Felswände rückten näher. Das schreckte ihn nicht. Er berührte das glatte Gestein. Hoch über ihm Gletscher. Wasserfälle, die an fast senkrechten Berghängen hinunterstürzten.

Er dachte, Die Berge um mich herum sind Vorübergehendes.

Nein, ich bin der Vorübergehende.

Wenn er im Dunkel in Landschaften war, dachte er Frauen.

Wenn er Frauen dachte, war Sommer. Er lag auf einer Wiese mit Ruth. Unter einem Baum in den Himmel blikken. Eine Wolke war ein Schaf, ein Elefant.

Ruth sagte, »Diese Wolke da ist ein Klavier.«

Er kaute auf einem Grashalm. Ruth nahm den Grashalm zwischen Daumen und Zeigefinger und strich ihm damit über die Stirn. Sie sang ein Liedchen oder pfiff es.

Die Räder lehnten am Baum.

Auf der karierten Wolldecke, auf der sie lagen, Ruth auf dem Bauch, die Beine angewinkelt, die Füße nackt, und er auf dem Rücken, fischte sie aus einem Korb Wasser und Brot und Käse und ein paar Äpfel. Ruth biß in den Apfel, dann er, so wechselten sie sich ab, sie sprang auf und lief mit wehendem Kleid über die Wiese.

Er hinter ihr her. Wie er sie fing. Wie sie sich küßten. Und wie sie lachten.

In der Dunkelheit suchte er nach Gerüchen und Farben und Orten, an denen er sich zu Hause fühlte, an denen er sich sicher fühlte, an denen Ruhe war.

Wenn er Ruhe gefunden hatte, stellte er sich den Tag vor, an dem er sie wiedersehen würde. Nicht Ruth, sondern seine Mutter. Ihr tränenfeuchtes Gesicht, ihre Hand an seinen Lippen, die andere strich ihm übers Haar.

Christa und er in Berlin. Sie flanierten an Geschäften vorbei. Im Café Wien saßen sie auf der Terrasse an einem weißgedeckten Tisch bei Kaffee und Sehen. Das Leben zwischen Ruinen und Neuanfang.

Danach in den Slevogt an der Ecke Joachimsthaler, ein Bierchen trinken und eine Zigarette rauchen. Sie rauchte mit Leidenschaft.

Oder ins Theater am Kurfürstendamm. Oder in ein anderes Theater oder in ein Kino oder in die Operette. Mit Tante zusammen. Vielleicht sang Mara Jakisch. Oder in die Oper. Vielleicht spielten sie noch einmal *Der Fliegende Holländer*.

Er dachte, Wie es wohl jetzt draußen aussieht. Draußen, wie das klingt.

Plötzlich stand ihm die Zeit im Weg.

Seine Kraft reichte nicht aus, sich in die neuen Verhältnisse einzufühlen, auch wenn er sich bemühte. Was wußte er schon von ihren Leben. Den Gewohnheiten. Der Umgebung.

Seine Vorstellung endete in einem hübsch eingerichteten Zimmer. Darin ein Eßtisch, dunkel und schwer, geklöppelte Tischdecke, ein Eckschrank, ein Bücherschrank, ein Sekretär.

Die Mutter saß in einem Sessel an einem kleinen runden Tisch, Chippendale, und las ein Buch.

Christa las kein Buch, sie las seinen Brief vom November 1957. Ihren letzten hatte er nicht bekommen, so schrieb er.

Sie blickte auf und sah aus dem Fenster, nur einen Augenblick, las dann weiter. »Gerade als Du ›Hamlet‹ auf der Bühne gesehen hast, hielt ich den Shakespeare in den Händen und las von Ophelia und Polonius. Über Hartmann von der Aues ›Gregorius‹ hat Thomas Mann 750 Jahre später einen Roman geschrieben, ›Der Erwählte‹, vielleicht fällt er Dir mal in die Hände. Hast Du mal Tolstoi gelesen? ›Anna Karenina‹, den großen Frauenroman, oder ›Krieg und Frieden‹, mein Lieblingsbuch, es ist mir fast zur Bibel geworden. Das Buch von Schopenhauer kenne ich übrigens auch, habe ich vor Jahren mal gelesen. Ich glaube, wir werden uns herrlich unterhalten können.«

Im April 1954 erreichte Margarete Hartung, Schwester von Erwin Hartung, ehemalige Schwägerin von Mara, in Berlin ein Brief vom Deutschen Roten Kreuz.

»Sehr geehrte Frau Hartung,

wir nehmen Bezug auf Ihren Suchantrag nach Jakisch, Maria, und teilen Ihnen mit, daß bei uns folgende Heimkehrmeldungen eingegangen sind:

Ilse Weber, Berlin-Charlottenburg, Kainestr. 28 a, meldet:

J a k i s c h, Maria, geb. ca. 1912, aus Leipzig, Sängerin, lebend gesehen August 1952 im Lager 018 Tajschet.

Gertrud Tecklenberg, Berlin-Lichterfelde West, Friedrichpl. 1, meldet:

J a k i s c h, Maria, 40 Jahre alt, aus Berlin-Zehlendorf, Sängerin, lebend gesehen Sommer 1953 im Lager Taischet 021.

Else Marie Schröder, Berlin-Lichterfelde, Holbeinstr. 45, meldet:

J a k i s c h-Hartung, Mara, geb. ca. 1905, aus Berlin-Zehlendorf West, Sängerin, lebend gesehen 8. 12. 1953 im Lager 23 Tajschet.«

Am 20. Juni teilte die Lagerverwaltung Karten aus. Mit blauer Tinte, leserlich, dufte Mara die erste Nachricht nach Deutschland schreiben. Sie adressierte die Karte nach Dresden.

»Mein lieber kl. großer Götz. Ihr herzlichen alle, alle! Erste Schreiberlaubnis. Voll mein Herz, wenig Platz. Herzensjunge, wo bist Du? Jede Minute bin ich bei Dir. Bist Du sehr fleißig auch in Musik? Ich möchte einmal stolz auf Dich sein. Bleib brav und gut, vergiß das Beten nicht! Leben unsere Omis noch? Schreib alles, auch Schlechtes. Küsse sie, gib viel Liebe, die ich nicht mehr geben kann. Von Toni schon Nachricht? Herzl. Geb. Wünsche meine Maria. (...) Verwandte, Freunde und Alle innigste Grüße, wer mich nicht vergessen hat. Post u. Pakete kommen von überall aus der Heimat jede Woche an. Diese Freude! Bilder unbeschriftet erlaubt. Bitte legt von mir eine Karte, wenn noch vorhanden, bei. Meine Geb. Wünsche: Vitamin Cebion, Kaffee, Süßes, Fettcreme, Gummigürtel u band, Massagebürste, Ei, Milch, Puddingpulver, Strümpfe, Wäschegarnitur Trikot. Esse alles! Bitte verzeiht, Mir geht es gut, bin gesund und habe viel Sehnsucht. Bin so neugierig. Schreibt schnell und recht viel Neues. Bilder nicht vergessen mein lieber Junge. Ich drück Euch alle alle, nehmt tausend Grüße und Küsse vom Mara-Mameli«

Die Antwortkarte war beigefügt. Mara Jakisch, Postfach 5115/32 Moskau.

Mara wartete auf Antwort, obgleich sie sich das Warten verbot. Immer, wenn Briefe ausgegeben wurden, ging sie leer aus.

Ein Frau sagte, »Der Weg ist weit bis in die Heimat und zurück.«

Margarete Hartung erhielt einen zweiten Brief vom Deutschen Roten Kreuz:

»Die letzten Heimkehrer aus der Sowjetunion brachten auch Ihnen die beglückende Nachricht, daß sich Ihr Angehöriger Maria Jakisch, in Postfach 5110/37 Moskau, noch am Leben befindet. Nur wenige in diesen Straflagern und Gefängnissen haben bisher die Möglichkeit erhalten, ihren Familien in Deutschland zu schreiben und, damit verbunden, auch Pakete aus Deutschland zu erhalten. Leider ist es noch ungewiß, ob auch Nicht-Postschreibern in diesen Lagern ohne weiteres Hilfssendungen aus Deutschland ausgehändigt werden.

Auf unsere Veranlassung hat das Deutsche Rote Kreuz, Landesverband Hamburg, Referat für Kriegsgefangenen-Betreuung, Ihrem Angehörigen am 29.5.54 ein erstes Versuchspaket gesandt.

Das Paket trägt als Absender Ihren Namen und Ihre Anschrift.

Wir möchten ausdrücklich betonen, daß es sich um eine erste Versuchssendung handelt. Wir hoffen mit Ihnen, daß das Paket Ihrem Angehörigen ausgehändigt wird. (…)«

Mara stand vor einem Kontrolleur, der den Inhalt des Pakets auf einem Tisch ausbreitete. Jegliches Papier entfernte er. Tüten und Päckchen und Büchsen öffnete er. Stocherte darin herum. Als er fertig war, sah Mara auf dem Tisch:

eine Dose Markenbutter
eine Dose Margarine »Sanella«
eine Dose Schweinefleisch
eine Dose Blutwurst

eine Dose Dorschleber in Öl
eine Dose Bienenhonig, rein
eine Rolle Pfefferminz-Bonbons
zwei Schachteln Zigaretten Marke »Adler«
Sahnekäse 60 % Fett
eine Tafel Schokolade
ein Packung Ia entsteinte Kurpflaumen
ein Beutel Rohkostmischung (Mandeln, Nußkerne, Rosinen. Korinthen)
zwei Taschentücher

Der Kontrolleur schob die Dose Schweinefleisch, die Margarine, den Sahnekäse, die Schokolade und die Zigarettenschachteln für sich beiseite. Wäre eine Wurst, Kuchen oder Seife in dem Paket gewesen, hätte er sie durchgeschnitten, Bekleidungsstücke hätte er auseinandergefaltet und durchgetastet. Soviel wußte Mara schon von den anderen Frauen.

Mit einem Stück Butter, einer Dose Blutwurst, einer Dose Dorschleber in Öl, einer Dose Bienenhonig, einer Rolle Pfefferminz-Bonbons, einer Packung Kurpflaumen, einem Beutel mit Mandeln, Nußkernen, Rosinen und Korinthen und zwei Taschentüchern ging Mara zurück in die Frauenbaracke.

Das Paket hatte den Absender Margarete Hartung. Mara schrieb nun nach Berlin:

»Mein Herzensjunge, meine Omis, ihr all meine Lieben! Schrb Erlaubnis! Welch gr. Freude u. wieviel Sonne als ich am 29.6. euer Paket erhielt. Mulli lebt. Dank tausenfach. Hast Du meine erste Karte erhalten. Schrieb sie zu Mende. Schreib mir all D. Pläne mein Götz u. spielst

Du schon auf d. Klavier mein Götz? Ist Papeli oft bei Dir? Wie geht es ihm? Grüß ihn.

Lebt m. lb. Mama noch? Wer ist bei ihr? Sind meine Sachen noch da? Gib Inhalt an Mende, Kunzes, Leny, Jesgang Gerda, Woolke Elfriede mit tausend Grüße weiter, da ich ja nur Dir schreiben kann. Pakete kann mir jeder senden u. Bilder darin erlaubt. Maria, möchte d. 3 Kinder sehen mir Löffel, Feldflasche, Fettcreme, Wolltuch, Büchsenöffner, Gummigürtelband, Vitamin für Zähne u. Blut, Kaffee, Bonbons, Strickgarn in allen Farben u. weiß, Stoff, Backpflaumen, Frotteetuch, Waschbalsam, Zahnbürste«

Mara schrieb auch:

»Geburtstags u Dankesgruß am 4. 8. zu Götz und Omi, von der ich am 29. 6. ein Heimatpaket erhielt. Diese Freudentränen! Pakete 3–4 Wochen Post 2–3 Mon. / Strickjacke u. Pullover, Wolltuch, Feldfl., Schraubdose, Trinktopf, Marias Löffel, Fettcreme, Söckchen, u. Weihnachtswunsch verzeiht?! Stollen, Backobst, Gries, kl. Eimer, Marmel., Haarklemmen, Zahnpasta, Seife, Kerzen, Watte, breit. Verbandsmull Strickgarn, Kaffee u. viel beiliegende Süßigk. Solchen Heißhunger darauf. Vitamine.

So gr. wie d. Welt ist m. Sehnsucht nach Euch. Ob sie wohl noch gestillt wird? Bin nun alt aber m. Kind noch mal im Arm halten, u. Du mich lb. Mama. Warte tägl. auf Post aus Heimat, freue mich auf Bilder u. bin Euch allen so dankbar für alles, esse alles! Grüße Götzi u. alle. Du m. lb Mama sei umarmt geküßt / Maria lb Seele tausend Dankestränen, betet für mich / immer Eure Mara-Mameli«

Und am 15. August:

»Mein Herzensjunge und selb. Omis, Ihr Lb. alle! Dir m. lb. Oma zum Geb. alle guten Wünsche u. Dank für all die Liebe die Du m. Götz gabst. Hoffentlich kann ich Dir noch die Hände drücken. M. lb. Junge! Ach, warum bekomme ich keine Nachricht? Jede Woche, wenn die Post u. Heimatp. kommen, weint mein Herz, denn wie gern möchte ich doch Dein Bild in m. Hand halten. Ob meine Post nicht angek. Sorge mich sehr, auch um m. lb. Oma. Bist Du oft bei ihr? Sei lieb zu ihr. Bitte Götz, schreib Tante Marianne zum Geb. am 13. Dez. Geb. Grüße u. erbitte Bilder von Gabriele m. Patenkind u warme alte Sachen mir nötig. Vitamine, Fettcreme, Bürsten, Nähutensilien, Bilder aus alter Zeit. Esse alles, bitte viel Süßes. Bitte bitte schenk mir Götzbild mit Roller. Tante Hübner wohnt jetzt Geisberg 11, geh hin, grüß Tochter u. Mann herzl. von mir, ich will keine Würstchen, danke für die unverhoffte Tasse Kaffee aus Margots Heimat. Könnte Martha mir zum Trainingsanzug verhelfen. Dank im voraus, wär für mein Rheuma Medizin. Wie sind D. Pläne? Allen send ich herzl. Weihnachts- u. Neujahr Grüße. Denkt beim Geschenke an mich. Sei fleißig mein Herz, möchte stolz auf Dich sein, Gib Weihnachts- u. Neuj. weiter an Mende, Kunzes, Leny Backhaus am. 3. Nov. Geb. Betet für mich wie ich für Euch. Prost Neujahr Eure Mara-Mameli.

29.6. m tausend Dank Heimatp. erh.

Dir m. Götz Küsschen D. Mameli«

Am 25. September 1954 endlich Nachricht aus Deutschland.

Den Brief hielt Mara lange ungeöffnet.

Keine der Frauen fragte sie, warum sie ihn nicht gleich las. Wenn die Frauen Briefe erhielten, ließen die Frauen einander in Ruhe.

Sie saß auf der Nary, öffnete den Umschlag mit zitternden Händen. Zog eine Seite heraus, legte sie auf ihren Schoß, glättete sie, das Herz schlug ihr bis zum Hals.

»Liebe Mara, l. Mameli! Da wenig Platz zum Schreiben ist, wird es wohl am besten sein, ich tue es für alle. Wie groß war die Freude gestern, als Deine 1. Nachricht kam. Es war die 2. Schreiberlaubnis. Die erste hat uns nicht erreicht, weil nicht hierher adressiert. Uns allen geht es gut. Götz ist im Mai konfirmiert. Für einen Beruf hat er sich noch nicht entschieden. Hast Du Vorschlag? Von Lernen hält er nicht viel. Mit seinem Klavierspiel ist er nicht weit gekommen. Sport liebt er mehr. Wir denken mit großer Sehnsucht an Dich. Von hier dieses. Es tut mir leid Dir mitteilen zu müssen, daß D. lb. Mutter im Herbst 47 nach kurzer Krankheit in ihrem Heim verstorben ist. Hedi (…) war viel um sie. Für sie am besten. Onkel Erich und Familie geht es gut. 1. kl. Sohn (Matthias) ist am 7. 48 hinzugekommen. Wohnung haben sie gewechselt. Lebe wohl meine kleine (…) Der Himmel behüte Dich weiterhin. Herz. Grüße von uns allen, Mutti Hartung.«

Mara weinte und weinte. Und hörte lange nicht auf.

Die Zeit stand still. Wie die Luft. Wie das Eis.

Noch im Oktober 1957, nach der Ablehnung des Gnadengesuchs, das über Thomas Dehler beim Staatsanwalt in Ost-Berlin eingereicht worden war, wurde ein weiteres entworfen. Da bisher die Staatanwaltschaft der DDR und die Präsidialkanzlei Pieck eingeschaltet worden waren und jegliche Gesuche aufgrund von Paragraph 346 abgelehnt hatten, sollte das Gesuch jetzt direkt an das Zentralkomitee, Büro Walter Ulbricht, gerichtet werden.

Roland Hübner ließ schon seit 1953 nichts unversucht. Eingeschaltet waren inzwischen Anwälte, allen voran die Kanzlei Alfred Musolick, die sich im Auftrag des Bundesministeriums für Gesamtdeutsche Fragen und des Auswärtigen Amts um politische Gefangene in der DDR bemühte, das FDP-Ostbüro, die Zentrale Rechtsschutzstelle, das Hilfskomitee für politische Häftlinge in der Sowjetzone, der Untersuchungsausschuß Freiheitlicher Juristen, das Deutsche Rote Kreuz, die FDP-Fraktion, vor allem Thomas Dehler, Wolfgang Mischnick, Hans Dietrich Genscher.

Im Januar 1958 schrieb Roland ein Gesuch an den Minister der Justiz der Deutschen Demokratischen Republik.

Der Minister für Justiz war Hilde Benjamin.

Roland schrieb an das Oberste Militärgericht der sowjetischen Streitkräfte in der Deutschen Demokratischen Republik.

Roland unterrichtete Hans Dietrich Genscher.

Anwalt Hirsch schrieb unterdessen an die Zentrale Rechtsschutzstelle. Die Abschrift des Briefes sandte der Anwalt auch Roland. In dem Brief stand, er habe Roland Hübner nicht darüber im unklaren gelassen, daß er die von Dehler eingeleitete FDP-Aktion als abgeschlossen ansehe; seinerzeit hatten die Sowjetunion und ihr Satellit, die sogenannte DDR, ein gewisses Interesse, auch mit der FDP ins Gespräch zu kommen. Aus diesem Interesse heraus seien beide Seiten zu gewissen Zugeständnissen bereit gewesen. Da aber dieser Beweggrund für das Entgegenkommen inzwischen weggefallen sei, wären Sondererfolge aus der Einschaltung der FDP und Dr. Dehlers für die Folgezeit nicht mehr zu erwarten.

Im April schrieb Roland erneut an Hans Dietrich Genscher:

»Leider habe ich Sie auf dem Bundesparteitag nicht erreichen können, um die Haftangelegenheit in Sachen meines Bruders mit Ihnen nochmals besprechen zu können.

Wie ich nun über Flüchtlingsorganisationen erfahren habe, ist es in vielen Fällen geschehen, daß man im Austausch nach Rücksprache mit einer westlichen Macht Freilassungen erreichen konnte.

Ich bitte Sie freundlichst, mit den zuständigen Herren der Bundestagsfraktion diese Möglichkeit einmal zu besprechen.

Vielleicht ist es auch möglich, über die sowj. Botschaft etwas zu erreichen.

Der Fall meines Bruders müßte für die Partei als so dringend hingestellt werden, daß den Alliierten etwas daran gelegen sein könnte, ein Austauschangebot an die Sowjets zu stellen.«

Gnadengesuche 1958, 1959, 1960.
Ablehnungen.

Am 17. Februar 1961 erhielt Roland einen Brief.

Der Absender war FDP, Referat Wiedervereinigung:

Mit Schreiben vom 15. 2. teile der Fraktionsgeschäftsführer Rechtsanwalt Genscher mit, er habe die gegebenen Möglichkeiten in der Haftsache Dietrich Hübner eingehend geprüft. Aufgrund der politischen Spannungen zwischen Ost und West sei es zur Zeit nicht angebracht, ein offizielles Gnadengesuch an den »Staatsrat der DDR« zu richten. Es bestehe Gefahr, daß das Gesuch seinen Zweck verfehle und den Betreffenden schädige.

Ein Gnadengesuch wieder 1962.

Der Leiter der Haftanstalt Brandenburg-Görden, Fritz Ackermann, schrieb an die Generalstaatsanwaltschaft der DDR:

»Die Strafsache des Strafgefangenen Hübner wurde auf der Grundlage der ›Gemeinsamen Direktive‹ und des Beschlusses der 20. Sitzung des Staatsrates vom 24. 5. 62 überprüft. Ich lehne bei diesem Strafgefangenen die Anwendung des § 346 StPO ab.« Die Gründe: Seine feindliche Einstellung zur DDR, seine Führung sei schlecht, den VP-Angehörigen trete er provokatorisch gegenüber. Bei der Befragung bringe er zum Ausdruck, daß er hier in der DDR nicht arbeiten werde, denn alles, was an ihm begangen wurde, sei ein Verbrechen. Seine Freunde in Westberlin würden dafür sorgen, daß er von hier wegkomme. Dort drüben werde er alles aufdecken, was mit ihm hier gemacht wurde.

Mitte des Jahres 1962 wandte sich ein Referent des Bundesministeriums für Vertriebene im Namen des Ministers für Gesamtdeutsche Fragen an Christas Rechtsanwalt.

Der Referent teilte mit, Bundesminister Mischnick sei von einem ehemaligen Häftling aus der Sowjetzone gebeten worden, Schritte einzuleiten, um einen noch in der Strafanstalt Brandenburg einsitzenden politischen Häftling für vorzeitige Entlassung, mindestens aber nach dessen Entlassung eine Ausreisegenehmigung in die Bundesrepublik bzw. Westberlin zu seiner Mutter zu erwirken. Der Herr Bundesminister kenne den in Frage kommenden Häftling persönlich sehr gut und wäre deshalb dankbar, wenn der Anwalt einen Hinweis geben könnte, ob und gegebenenfalls in welcher Form eine Einflußmöglichkeit gegeben sei.

Seit einem Jahr schon war er im Kesselhaus. Auch das eine Strafe, weil er sich geweigert hatte, Holzpantinen anzuziehen. Holzpantinen, wie sie KZ-Gefangene hatten tragen müssen.

Er wurde im Kohlenkommando eingesetzt. Von den Loren die Kohlen abladen. Die Arbeit war schwer.

Im Kesselhaus fanden er und die anderen manchmal Zeitungsschnipsel. Manchmal waren es Polizeiberichte. Was man noch lesen konnte, wanderte nicht ins Feuer.

Wenn die Arbeit vorbei war, wenn er auf die Zelle zurückging, fuhr er in den Urlaub.

Immer ging es in Richtung Norden.

Er fragte sich, wie es wohl am Mittelmeer sei. Wie es sich anfühle. Die Farben kannte er von Gemälden.

Er dachte, Wenn ich draußen bin, reise ich um die Welt.

Er machte sich die Zeit zu eigen, ihnen zum Trotz, die glaubten, er sei am Ende.

Die Zellengänge waren für ihn also Straßen. Kleinere und größere ohne Namen in beliebigen Städten. Die Straßen waren baumbewachsen. Er schlenderte an Restaurants und Geschäften vorbei. Es gab einen Schlachter und einen Gemüsehändler, einen Bäcker, einen Herrenschneider. Einen Laden für Damenbekleidung. Er unterhielt sich. Kirchenglocken läuteten.

Er kaufte eine Zeitung. Betrat ein Café. Suchte einen freien Platz. Er trat an einen Tisch, an dem eine Dame saß. Sie saß allein. Er zog seinen Hut. Er fragte, »Ist hier noch frei?«

Die Dame lächelte ihn an. Sie gefiel ihm. Sie trug ein Kostüm. Blond waren die Haare, die Augen blau. Er setzte sich. Sie kamen ins Gespräch, als kennten sie sich. So lebendig. Sie merkten nicht, daß es Abend wurde.

Er dachte, So eine möchte ich heiraten.

Er steckte sich eine der Schachfiguren in den Mund. Lutschte daran. Das Brot war hart.

Er konnte später wieder einen Läufer kneten.

Er dachte, Ein Wunder, daß ich noch Zähne habe. Ein Wunder, daß ich nicht ernsthaft krank bin. Ernsthaft, dachte er.

An Selbstmord dachte er nie. Nicht wie andere. Die Nägel schluckten. Oder ein abgebrochenes Messer.

Er dachte, Der Himmel weiß, wie die das anstellen.

Im Kesselhaus lernte er Keil kennen.

Ob er Keil vertrauen konnte, wußte er nicht. Keil redete viel. Stammte aus Thüringen. War im Krieg als Feldwebel in Polen und Rußland gewesen und danach Volksrichter. Vier Todesurteile hatte er gefällt. Politisches Material den Freiheitlichen Juristen zugestellt. Die Fahrlässigkeit seiner Frau hatte ihm neun Jahre Zuchthaus eingehandelt.

Er hörte zu und sagte wenig.

Keil fragte, »Hast du eine Frau?«

Mit einem Mal stand sie vor ihm, so wie am ersten Tag.

Zierlich, schüchtern. Er hatte sie zum Tanz gebeten. Sie tanzten den ganzen Abend. Als die Kapelle aufhörte zu spielen, brachte er sie nach Hause. Sie gingen wie durch ein Versehen einen Umweg. Sie erzählten sich voneinander und von der Welt. Sie lachte viel. Daß es leicht zu regnen anfing, bemerkten sie kaum, so sehr war jeder bei sich und bei dem anderen.

Er sagte, »Ruth. Unsere Verlobung habe ich 1953 gelöst.«

Keil fragte nicht weiter.

Er dachte, Ich werde immer verschlossener.

Keil schmiedete revolutionäre Pläne.

Er war froh, daß er nicht mehr allein auf der Zelle lag, wie die meiste Zeit in all den letzten Jahren.

Keil sagte, »Man muß etwas tun.«

Er sagte, »Ich höre nie damit auf.«

Er dachte, Mit wem sonst soll ich reden.

Nachts flüsterten sie.

Keil sagte, er sei Kontaktmann zu einer Gruppe im MfS, einer untergeordneten Abteilung der Staatssicherheit, die die Zielsetzung habe, Mitgliedern des ZK der SED Fakten zu bringen und von der absolut haltlosen Situation, der massiven Unterdrückung, zu überzeugen. Es ginge darum nachzuweisen, daß die politischen Häftlinge weder durch Druck noch durch Umerziehung zu treuen Staatsbürgern gemacht werden könnten.

Er dachte, Klingt abwegig, aber unmöglich ist es nicht.

Einmal sagte Keil, »Sieh her.«

Keil gab ihm einen Brief zu lesen, in dem er einen anderen Häftling anwies, sich an die Anweisungen eines gewissen Roland zu halten.

Er fragte, »Wer ist dieser Roland?«

Keil sagte, »Ein Oberst. Ein guter persönlicher Freund aus Jugendtagen. Wir sind aus derselben Stadt in Thüringen. Wir waren im Krieg in derselben Gegend in Polen und Rußland im Einsatz. Roland gibt mir Einsicht in Strafakten. Roland hat Einfluß. Er ist mein Kontakt.«

Bald darauf erhielt er, wie zum Beweis, einen Brief. Der Brief war auf einfachem Papier geschrieben, geistvoll und intelligent. In ausgeprägter Handschrift. Nicht die von Keil, die kannte er.

Eineinhalb Dutzend weitere Briefe dieser Art sollte er noch bekommen. Immer mit der Unterschrift: Roland von Hagedorn. Er las Einzelheiten über die Tätigkeit von angeblichen Spitzeln, las Spitzelberichte, die ihn betrafen.

Er las, daß Hagedorn und dessen Frau in Kontakt mit Christa stünden.

Daß sein Entlassungsdatum auf den 15. Juni festgesetzt sei. Vorher gebe es eine Zusammenkunft, in der die Anwürfe gegen ihn geklärt würden.

Und er las: Sollte er Zweifel hegen, so könne er sich unter Vorlage dieses Schreibens an den Leutnant der Staatsicherheit wenden und Beschwerde wegen Irreführung einreichen.

Unterzeichnet: Roland von Hagedorn.

Er dachte, Das Spiel beginnt interessant zu werden.

Es gab einem Plan. Ein Forum sollte stattfinden. Öffentlich, vor einer Anzahl ausgewählter politischer Häftlinge und der Polizei. Bei der Gelegenheit sollten Meldungen und Berichte vorgelesen und die Intrigen der Staatssicherheit und der Polizei sowie die Mißstände im Strafvollzug aufdeckt werden. Die Gefangenen sollten Fragen stellen und ihre Beschwerde vorbringen dürfen.

Keil sagte, »All das ist und kommt von Roland.«

Keil wurde des öfteren aus der Zelle geholt. Hatte Besuch.

Er dachte, Ich habe seit 1956 keinen Besuch mehr gehabt. Das sind jetzt sechs Jahre.

Wenn Keil zurückkam, berichtete er von seinem Gespräch mit dem Oberst, untermauerte die Pläne mit Ausführungen Hagedorns.

Einmal sagte Keil, »Schon wieder hat einer gegen dich und andere ein Protokoll abgegeben. Darin sind Beschuldigungen, du habest Briefe geschrieben und ideologische Rundschreiben verfaßt.«

Er sagte, »Woher weißt du das?«

Keil sagte, »Von Roland.«

Keil hielt ihm den Bericht unter die Nase.

Was jemand zu Keil gesagt hatte, erfuhr er von Keil.

So auch, er habe Keil schlecht gemacht und sei mißtrauisch.

Von dem, der etwas behauptet haben sollte, wurde er vor Keil gewarnt. Doch der, der vor Keil warnte, war ein Spitzel. Das wußte er. Keil hatte er im Verdacht. Im nächsten Moment wieder nicht.

Er hielt Keil für einen armen Hund, dem zugesetzt wurde, weil er homosexuell war, der aus dem Krankenhaus ins Kesselhaus gekommen war. Der im Krankenhaus ein Thermometer geschluckt hatte, weil er hatte sterben wollen. Der beschuldigt wurde, er spitzele für die Stasi. Der sich dagegen wehrte und eine Schlägerei begann. Ein Posten mußte einschreiten, Keil hatte das Thermometer noch im Bauch. Das sprach sich herum, bevor er Keil kennenlernte. Er fand nicht heraus, ob es wahr war.

Er dachte, Was soll's, als Keil auf seine Zelle gelegt wurde.

Er dachte, Ein Heißsporn.

Er glaubte nicht alles, was er hörte.

Er dachte, Im Zweifel für den Angeklagten.

An Christa schrieb er:

»Um meine Zukunft bin ich völlig unbesorgt. Sie wird recht bewegt sein, und ich werde nicht viel Zeit haben, am Ofen zu sitzen und blaue Ringe in die Luft zu pusten, aber es wird schön sein, weil es mein Leben sein wird, ganz von meinen Händen gestaltet und von meinen Gedanken durchflutet.

Gewiß, ich habe dann 15 Jahre verloren auf der einen Seite, auf der anderen Seite habe ich doch in der Zeit auch nicht geschlafen.

15 Jahre habe ich Zeit gehabt, jede einzelne Phase zu durchdenken und die Möglichkeiten und günstigsten Wege auszukundschaften, und fehlt auch manchmal das äußere Erleben, so ist das innere Erleben um so stärker, und das ist ausschlaggebend, wenn man sich nur nicht mit soviel Kreaturen abgeben müsste, aber man kann sich die Menschen in dieser Stätte eben nicht heraussuchen, wie man gerne möchte.«

Er neigte also dazu, Keil Glauben zu schenken. Mit gewissen Abstrichen.

Er dachte, Es stimmen zu viele Einzelheiten.

April 1955. Mara saß in einer Sonderbaracke in einem Lager für Blatnoi, seit zwei Tagen.

Sie hörte, »Mara. Du auch hier?«

Jemand hatte sie erkannt, diese einst zierliche Person, die jetzt aufgeschwemmt war.

Mara blickte in ein lächelndes Gesicht, das so viel älter aussah, als es sein konnte.

Im März, die Sonnenstrahlen wärmten die Taiga schon, war Mara von der Außenarbeit zurückgekommen und hatte gehört, die Deutschen gingen auf Transport.

Die Frauen mußten ihre Sachen packen.

Sie verschenkten, was sie nicht tragen konnten, an die, die zurückblieben. Russinnen.

Um Mitternacht liefen sie zu Gleisen. Wachposten schwenkten Laternen.

Im Viehwaggon ging es weiter. Stehend, auch die Alten, müde und vor Kälte zitternd.

Irgendwann mußten sie aussteigen. Sie marschierten zu einem Lagertor, schritten hindurch, wurden gezählt.

Jemand sagte, »Aus allen Lagern des Lagerbezirks Oserlag«, so hieß das Lagergebiet in der Taiga, »werden Deutsche zusammengezogen und hier im Lager O 20 zusammengefaßt.«

Nun wußte Mara, warum sie hier war.

Mara fielen die Augen zu auf einer schmalen Pritsche, die sie mit einer Frau teilte.

Als sie die Augen öffnete, lag eine andere Frau neben ihr. Sie stand auf, auch wenn sie wußte, daß sie sich später einen anderen Platz suchen mußte.

Den Beutel mit ihrer Habe ließ sie nicht stehen. Ihre Habe waren ein Holzlöffel, ein Säckchen Zucker, ein braunes und ein blaues Heft. Zwei Bleistiftstummel. Schminke, die sie selber hergestellt hatte. Rouge und Lippenstift.

Mara durchstreifte das O 20.

Von wohl zweihundert alten und jungen deutschen Frauen kannte sie die eine oder andere aus einem anderen Lager. Beim Wiedersehen konnten sie sich wenigstens sagen, sie lebten. Ansonsten warteten sie. Die Stunden waren lang und wurden täglich länger.

Einmal sahen sie einen Zug vom Roten Kreuz. Der fuhr vorbei.

Sie wurden nicht zur Arbeit eingesetzt.

Dann wieder in einen Zug.

»Auf Etappe.«

So sagte man.

Rückwärts statt vorwärts, dachte Mara.

Von einem Lager zum nächsten.

Immer wieder Halt, immer wieder Weiterfahrt.

Die deutschen Frauen waren unerwünscht, oder es gab keinen Platz.

In der stürmischen Aprilnacht vor zwei Tagen hielt der Zug hier. Als die Schiebetüren geöffnet wurden, sah Mara schwerbewaffnete Posten mit Hunden.

Schläge und Flüche trieben die Frauen. Knietief versanken sie im Morast auf ihrem Marsch. Den Rest der Nacht verbrachten sie schmutzig, erschöpft und hungrig auf dem Boden einer Notbaracke.

Tags darauf kam Mara in diese Sonderbaracke, in der sie gerade eine Stimme ihren Namen hatte sagen hören.

Mara sagte, »Margarete?«

Da stand sie, Margarete Mehlhemmer.

Es war, als stünde Mara ein Stück Heimat gegenüber.

Nein, kein Stück, es war die Heimat.

Berlin in Sibirien.

Mara und Margarete sahen sich einfach nur an, und es war, als spiele sich zwischen ihren Blicken das Leben davor ab.

Gemeinsame Orte, gemeinsame Bekannte, gemeinsame Erlebnisse. Astra Film GmbH. Damals hatten sie sich kennengelernt. 1936. *Der lustige Witwenball.*

Die beiden Frauen weinten. Und die beiden Frauen setzten sich irgendwohin, hielten sich an den Händen und erzählten.

Zuerst Mara. Von der Skala im russischen Sektor Berlins, vom Theater am Nollendorfplatz im westlichen Teil der Stadt, von der Abendgesellschaft bei einer Freundin, von der Verhaftung in Dresden, von der Mutter, von den Jahren in Untersuchungshaft, von einem Mann, wie hieß er noch, Hübner, der in der Nebenzelle gesessen hatte und von dem sie sich manchmal fragte, was aus ihm geworden war. Von Götz. Vom Transport.

Aufgeregt, hastig, als könnte ihr die Vertraute wieder genommen werden.

Dann Margarete, »Alfred.«

Mara, »Dein Mann.«

Margarete, »Lebt nicht mehr.«

Alfred hatte Funkteile für einen Geheimsender im gemeinsamen Landhaus in Ferch versteckt.

Im Februar 1942 laute Stimmen und Schritte in der Berliner Wohnung. Männer in Uniform.

Er kam für drei Monate in das Alex-Gefängnis.

Von dort schrieb er Margarete lange Briefe.

Von Berlin kam er ins KZ Sachsenhausen.

Die Briefe von dort durften nur fünfzehn Zeilen enthalten.

Ende März 1943, nach elf Monaten, kam er wieder frei.

Margarete erkannte ihn kaum wieder.

Zwei Monate nach seiner Entlassung wurde er vom Gutsbesitzer Karl von Kähne in Petzow am Schwielowsee erschossen.

Margarete, »Nach dem Krieg erhielt ich den Status Opfer des Faschismus. Ich traf alte Bekannte wieder. Leute vom Film, Alwin Elling, der nach dem Mord an meinem Mann mit seiner jüdischen Frau aus Berlin weggegangen war und sich in Bayern versteckt hatte, und Leute, die zu unserem kleinen Widerstandkreis gehörten. Auch den amerikanischen Journalisten Louis P. Lochner. Ich überlegte, in die USA auszuwandern. Ich überlegte, wieder beim Film zu arbeiten. Aber die Scheinwelt des Theaters und des Films, nein. Ich überlegte, aufs Land zu ziehen. Ich erfuhr, daß unser Sohn in Stalingrad gefallen war. In mir war alles abgestorben. Ich erfuhr, daß unsere Tochter in Westfalen lebte. Dahin zog es mich nicht.

Ich zog nach Petzow ins Brandenburgische, mir wurden ein Wohnhaus und ein dreizehn Morgen großes Obstgrundstück zugewiesen, ich bekam vom Landratsamt eine Konzession für ein Wochenendheim für Opfer des Faschismus und Kulturschaffende.

Die Gäste kamen und blieben. Manch Prominenter. Ich ahnte nicht, daß man mir daraus einen Strick drehen würde.

Die Jahre gingen dahin. Alles schien friedlich. Meine Tochter gebar ein Kind.

Ich beantragte einen Interzonenpaß.

Erst wurde er abgelehnt, dann bewilligt für die aufrechte Demokratin, die eine Reise in den amerikanischen Sektor bekommen würde.

Ich sollte aufs Paßamt in Potsdam. Ich mußte zu einem Gespräch. Hinter einem Tisch, der mit einem roten Tuch bespannt war, saßen russische Offiziere.

Ich dachte, NKWD.

Sie wußten von Alfred, vom Widerstand, von unseren Freunden, von Lochner, sie wußten einfach alles.

Vierundzwanzig Stunden mußte ich ihre Fragen beantworten.

Eiskalt lag mein Herz in mir.

Wenig später fuhr ich zu meiner Tochter und kehrte zurück.

Die Russen ließen mich in Frieden.

Weihnachten 1950 kamen die Tochter, der Schwiegersohn und der Enkel zu Besuch.«

Mara unterbrach Margarete nicht.

»Der Morgen des 19. April 1951. Ich machte einen Frühlingsspaziergang. Es duftete nach Blüten. Später ging ich aufs Obstgut.

Am Nachmittag ruhte ich ein wenig aus.

Der Lehrer aus Petzow kam wie so oft zum Tee. Ich schenkte ihm ein paar Dinge aus den Care-Paketen einer

Freundin aus London. Ich gab ihm amerikanische Zigaretten. Er verabschiedete sich. Und er wußte, daß ich zu Hause war und keine Gäste hatte …

Nachdem wir Ordnung auf dem Speicher gemacht hatten, tranken die Mädchen und ich Kaffee. Als ich die Treppe hinunterging, laute Stimmen und Schritte. Männer in Uniform.

›Frau Mehlhemmer, machen Sie sich fertig für eine Fahrt nach Potsdam.‹

Ende Januar 1952 ging die Fahrt weiter in Richtung Sibirien. Im Oktober werde ich einundsechzig.«

Zeit rechnete sich für jeden anders.

Mara dachte, Wir sind aus der Zeit gefallen. Aus dem Leben.

Mara sagte, »Ich denke nur an Götz.«

Von Götz seit ihrer ersten Nachricht keine Zeile.

Mara sagte, »Im Februar habe ich ihm geschrieben.«

Geschrieben hatte sie,

»Mein lb. armer Junge! Gott sei Dank, Du lebst! Diese Sorge war so groß. Die Hälfte Deines jungen Lebens habe ich gewartet auf den Moment, wo ich hoffte, daß wir Verbindung haben werden. Nichts war mir so schwer wie bei dem Gedanken, mein Kind wartet auf mich. Mein Götz. Was weißt Du bis jetzt v. Höhen u. Tiefen des Lebens? Aber ich staune, dass Du schon bestimmst u. mit Erfolg! Falls Gott uns kein Wiedersehen schenken sollte, leg diese Zeilen nicht achtlos beiseite, denn jetzt verstehst Du sie kaum, bewahre sie, u. wenn in Deinem Leben Enttäuschungen jegl. Art Dich befallen, wenn Du dann nach einer verständnisvollen Seele suchst, dann denk an D. Mameli, die dich lb. hat v. ganzem Herzen u.

dann Deinen lb. Kopf in ihre Hände nimmt u. sagt: so bitter kann das Leben sein, aber selbst in der Tiefe wartet Deiner eine starke Hand.«

Mara wischte sich die Tränen aus dem Gesicht.

Sie sagte, »Mein Kind hat mich vergessen.«

Mara und Margarete schwiegen.

Sie sahen sich lange an.

Ihre Blicke sagten, wir werden zusammen nach Hause fahren, Tausende Kilometer.

Am 23. Oktober 1962, in aller Früh, nahm er die Arbeit im Kesselhaus aus Protest nicht auf, auch nicht, als er auf die Folgen einer Arbeitsverweigerung hingewiesen wurde.

Um 6 Uhr wurde er zur Absonderung in den Keller gebracht.

»Wer nicht arbeitet, bekommt nichts zu essen«, sagte der Leutnant.

Die Wasserkanne wurde aus der Zelle genommen. Der Kübel nicht.

Die Tür wurde verschlossen. Das Licht blieb an.

Das Fenster war offen. Es war naßkalt.

Um 7.30 Uhr öffnete sich die Tür. Hauptmann der VP Legde, Leutnant der VP Fiedle und Leutnant der VP Reihs fragten nach dem Grund seiner Weigerung, die Arbeit aufzunehmen.

Er nannte seine Gründe.

Dann sagte er, »Das Fenster ist offen, es ist eiskalt.«

»Sie werden sich schon nicht erkälten. Und wennschon.«

Er sollte sich nackt ausziehen. Seine Sachen wurden gefilzt.

Am zweiten Tag wurde das Fenster geschlossen.

Täglich sah ein Posten nach ihm. Essen und Trinken brachte er nicht.

Er dachte, In Dresden bei den Russen gab es wenigstens das.

In Dresden konnte er wenigstens klopfen. Nicht immer wurde sein Klopfen erwidert. Wenn sein Klopfen nicht erwidert wurde, war ihm, als sei er lebendig begraben. Wie jetzt.

Am sechsten Tag bekam er heftige Schmerzen in der Rippengegend.

Am siebten Tag verlangte er nach Stift und Papier. Er schrieb eine Beschwerde an den Minister für Staatssicherheit.

Am achten Tag übergab er acht Seiten dem Wachtposten. Der übermittelte das Schreiben dem Dienststellenleiter.

Am neunten Tag wurde er rasiert, und er durfte sich waschen.

Am zehnten Tag schmeckte er Apfelsinen und Zitronen. Roch er Erdbeeren und Himbeeren. Kletterte er in einen Kirschbaum hinein, bis in den Himmel. Der war blau wie Kornblumen.

Am elften Tag war ihm, als sei die Glühbirne ein Auge.

Das sieht ihn als Jungen in der Wohnung in der Lortzingstraße, wo sie wohnen, bevor Vater einer von sechzehn Vertrauensapothekern in Dresden und Leiter der Heilmittelabgabe der Ortskrankenkasse wird.

Er sitzt am Tisch in der Küche im ersten Stock, in kurzer Hose und Hemd vor einem Teller Mehlsuppe. Oder in der Küche von Frau Schubert. Frau Schubert, die treue Seele, betreut ihn, wenn Mutti in der Stadt zu tun hat. Vätchen ist oft länger beruflich unterwegs, hat noch keine feste Stelle und macht mal da, mal dort Vertretung.

Es geht ihnen schlecht. Wenn es nicht Mehlsuppe gibt, gibt es Flecke. Meistens Hunger.

Frau Schubert hat ein Grammophon. Er hört alte Schlager.

Ostern gibt es eine Tüte bunte Ostereier. Er läßt jedes einzeln im Mund zergehen.

Das Auge sieht ihn im Ratskeller mit den Eltern an einem weißgedeckten Tisch. Es gibt Gänseleberpastete, die er nicht mag, aber Vätchen. Er ißt lieber Soufflet Surprise. Die Augen geschlossen, das Süße im Mund, das plötzlich wieder Mehlsuppe wird. Auf dem kalten Boden hockend, führt er unentwegt die hohle Hand zum Mund.

Am elften Tag dachte er, Es geht zu Ende.

Er forderte vom Posten die Verlegung ins Haftkrankenhaus.

Über seinen Zustand informierte der Posten den Dienststellenleiter. Der ordnete die sofortige Überführung ins Krankenhaus an.

Zwei Polizisten stützten ihn.

Der zuständige Arzt sagte, »Warum schicken Sie mir den Patienten halbtot.«

Er hatte über zehn Kilo Gewicht verloren. Er wog noch dreiundfünfzig Kilo.

Der zuständige Arzt befand: Reduzierter Ernährungszustand.

Maßnahmen: BSR, BB, Urinstatus, Aceton-Nachweis, Rö.Dl. Thorax.

Therapie: Bettruhe, Subcutaner Traubenzuckertropf, Pentedrin-Injektion, Nahrungszufuhr.

Der Anstaltsleiter Fritz Ackermann suchte ihn im Krankenzimmer auf. »Hübner, Sie sagten, Sie wollten nichts mehr essen und trinken.«

Er sagte, »Das ist eine freche Lüge.«

Auf der Krankenstation blieb er drei Wochen.

Am 21. November vermerkte der Arzt, »Strafgef. fühlt sich wohl. Klagt über keine körperlichen Beschwerden. Hat 3 kg Körpergewicht zugenommen. Die Rückverlegung ins Verwahrhaus kann erfolgen.«

Zurückverlegt wurde er am 29. 11. 1962 als arbeitsfähig und mit Vollkost.

Der letzte Brief, den Christa von ihm erhalten hatte, war vom September gewesen.

Darin hatte er ihr, die schon die Tage bis zu seiner Entlassung in neun Monaten zählte und seine Maße erfragt hatte, geschrieben:

»Das hat meines Erachtens noch Zeit, und nackend werde ich meine Entlassung gewiß auch nicht antreten müssen.«

Trotzdem maß er, schrieb auch die Schuhgröße, und:

»Zu guter Letzt mein Schwanenhals von 34 Zentimeter Umfang, das reicht gerade, um so manchen dicken Brocken runterschlucken zu können.

So, das wäre wohl so alles, was Du brauchst, um Deinen jüngsten Balg anzuziehen.

Hüte kauft sich der Herr alleine, im übrigen scheint mein Kopf trotz der vielen Eindrücke, mancher unnützer Gedanken auch nicht größer geworden zu sein, also nach wie vor klein, aber oho, auch weiß ich die Hutnummer gar nicht, da ich mich hier auf eine baskenmützenähnliche Kopfbedeckung spezialisiert habe, und da paßt mir alles von Größe 54 bis 60.

Im Frühjahr schiebt man den Deckel aufs linke Ohr, im Herbst aufs rechte Ohr, im Sommer behält man ihn schön luftig geradewegs in der Mitte bei Größe 54 und im Winter mit der 60er Ausgabe zieht man sie über beide Ohren. Du siehst, wir haben hier auch unsere Mode und viel Abwechslung.«

Sein Oktoberbrief blieb aus.

Christa schrieb am 1. November an die Anstaltsleitung: »Da ich mich sehr um meinen Sohn sorge, möchte ich den Grund für das Ausbleiben erfahren.«

Mitte November die Antwort, daß ihr Sohn Dietrich Hübner aufgrund eines Verstoßes gegen die Schreibvorschrift der Terminbrief entzogen worden sei.

Kurze Zeit später durfte er endlich schreiben.

»Du darfst nicht immer das Schlimmste annehmen, wenn meine Zeilen einmal nicht so eintreffen, wie wir uns das so gern vorstellen.

Für mich ist das Leben von jeher ein Kampf gewesen, Auseinandersetzung mit der Natur und den Menschen. Gewiß, die Auseinandersetzung mit der Natur, ihren entfesselten Elementen, ist oftmals ehrlicher, beständiger als die mit den Menschen, und manchmal wird mir weh ums Herz, wenn ich an die schönen Tage meiner Seefahrt zurückdenke.

Ich erinnere mich noch gern an eine Begebenheit zurück aus dem Jahr 1945. Wir schrieben den 21. Dezember und fuhren längs der schwedischen Küste, wollten mit unserm Boot Weihnachten in Deutschland sein. Ein mächtiger Sturm mit Schneetreiben und gefährlich aufgewühlter See hatte uns überrascht.

Ich war gerade von Seewache abgetreten, als gegen Abend ein mit uns fahrender Marinefischkutter, der zum Minensuchen eingesetzt war, Seenotsignale schoß.

Acht Stunden dauerte unser Rettungsmanöver. Wir arbeiteten bis zur Erschöpfung, immer in Gefahr, von der tobenden See über Bord gespült zu werden.

Schließlich hatten wir es geschafft und den Kutter und seine Besatzung gerettet; ich war recht entkräftet und fühlte mich doch glücklich.

Anschließend stand ich noch vier Stunden Seewache, allein achtern auf der Schonung, um mich herum die wogende See und der Sturm.

Bin ich auch frühzeitig von Euch weggegangen, so war meine Kindheit doch schön, soweit es das Elternhaus betrifft, und dafür werde ich Euch immer dankbar sein.

Wie einen guten Freund und Kameraden habt Ihr mich behandelt und mir frühzeitig Vertrauen geschenkt und mich als vollwertigen Menschen angesehen.

Ein gutes, anständiges Denken habt Ihr mir anerzogen, den Blick für die Werte, die großen Dinge des Lebens geöffnet und mir jenen unerschütterlichen Glauben an den allgemeinen Sinn der Wahrheit des Humanen gegeben, der mir unerschöpflich die seelische Kraft gibt.

Nur der verdient sich die Freiheit wie das Leben, der täglich sie erwerben muss. Dieser Satz, mit dem mich Vätchen bekannt machte, als ich 11 Jahre alt war und er mich in Goethes Faust einführte, wurde seither zum Kern meines Wesens.

Für die Freiheit werde ich stets bereit sein, alles zu opfern, auch das Letzte.«

Keil schlug vor, einen illegalen Briefverkehr vorzutäuschen, für die westliche Presse. So könnte die völlige Unfähigkeit der Strafvollzugsbehörden und des Leutnants der Staatssicherheit endgültig aufgedeckt werden. Keil habe die Rückendeckung. Er die Verbindung zu KRT, der die Briefe aus der Haftanstalt nach draußen mitnahm und weiterbeförderte.

KRT war das Decknamenkürzel eines Hauptmanns der VP.

»Ich liege auf Zelle 119 B Flügel, Mitte rechts, recht ungünstig, der Verkehr wird schwieriger sein als auf dem Flügel C«, schrieb er dem KRT am 5. Februar 1963 in einem Kassiber.

Manche Briefe ließ er nicht von KRT befördern. Er spekulierte darauf, daß das MfS sie las.

Briefe wie diesen:

»Gestern hat sich einer erhängt, aus der Schneiderei im Erdgeschoß, Haus 1. Namen, Zelle, genaue Umstände erhältst Du noch.

Im Augenblick dürfen wir schlafen von Dunkel bis zum Hellwerden, weil die Kohlen knapp sind und sie kein Licht haben.

Da ich im allgemeinen mit sechs Stunden Schlaf gut auskomme, bin ich schon ganz rammdösig.

In den nächsten Tagen bringt mir der KRT wieder einige Zeitungen, wie er sagte.

Eme teilte mir in seinem letzten Brief mit, daß er für mich eine Stelle habe im Sekretariat der FDP-Fraktion, das wäre eine abwechslungsreiche Arbeit.

Ich habe ihm aber geschrieben, daß ich auf alle Fälle vorher noch für ein halbes Jahr nach Paris und London möchte, da ich mich mit meinen zusammengeschmolzenen englischen und französischen Sprachkenntnissen nicht wohlfühlte.

Ich habe ihm auch mein Beileid zum Tode Dörings ausgesprochen. Unsere Partei hat dadurch eine wertvolle Kraft eingebüßt. Er war einer unserer jungen Leute und nicht so verkalkt wie einige andere. Seine Forderung, die FDP zur Massenpartei zu machen, war das einzig Richtige, was er aufstellen konnte.

Ich habe auch Eme geschrieben, daß ich es für unbedingt erforderlich halte, daß die FDP ihre Kinderschuhe ausziehen soll und anfängt, von der dritten zur zweiten Partei vorzustoßen. Vor allem auf Kosten der CDU, sonst wird sie eines Tages an die Wand gedrückt.

Die Partei sollte energischer ihre Position durchsetzen.«

Dieser Brief wurde einbehalten.

Die Briefe, die KRT mit hinausnehmen sollte, versteckte er an einer verabredeten Stelle.

Es waren Berichte über die Zustände in der Haft. Seit er aus dem Krankenhaus entlassen worden war, hatte er etliche geschrieben.

Er hoffte, es würde bald genug Material zusammen sein, damit es drüben an die Presse gegeben werden konnte.

Er hatte auch geschrieben, »Ich denke, es wird ein ordentliches Faß geöffnet werden. Ich bin nur gespannt, ob sie es wagen, mich vor den Kadi zu zerren, in ihrer Dummheit sind sie dazu fähig.«

Darauf spekulierte er auch.

Er dachte, Nur so komme ich hier raus.

Alle, die mit ihm angeklagt waren, auch Kraner, waren frei. Kein einziger Verurteilter eines sowjetischen Militärtribunals saß so lange wie er.

Keil erzählte er von namhaften Kontakten im Westen, die er angeblich hatte. Er nannte den Namen Mischnick.

Als er einmal einen Brief nicht deponieren konnte, bot sich Keil an.

Keil las:

»Liebe Mutti, für Deinen lieben Brief vom 16.3. sei wieder recht herzlich in meine Arme geschlossen. Du weißt ja, welche große Freude Du mir immer wieder mit Deinen so innigen Zeilen bereitest.

Nach dem Schriftbild zu urteilen, befandest Du Dich wieder einmal in einer etwas ausgelassenen Verfassung. Du siehst, ich achte auf jede Kleinigkeit. Ich war schon recht in Sorge, daß Du vielleicht auch an der Grippe erkrankt sein könntest.

Ich bin diesmal auch von der Krankheit verschont geblieben. Es wäre ja auch gelacht, wenn ich mich die letzten Monate noch einmal auf die Bretter legen müsste (…)

Im Juli sehen wir uns dann in Westberlin wieder.

Und dann kann uns doch niemand auseinanderreißen, selbst wenn Mephisto seine Hände im Spiel haben sollte.«

Dieser Brief wurde einbehalten.

Notiert wurde: »Eine Formulierung bezüglich des Wiedersehens im Juli 1963 in Westberlin mit seiner Mutter entspricht nicht den Tatsachen und stellt einen Widerspruch zu den Festlegungen des Strafvollzugs dar. Hübner muß diesen Terminbrief nochmals fertigen.«

Am 2. 4. 1963 wurde ein »Operativer Vorgang« gegen ihn angelegt.

Kurz danach sagte ein VP-Meister, er dürfe in Anbetracht seiner baldigen Entlassung einen Sonderbrief an seine ehemalige Verlobte schreiben.

Er hielt es für einen Scherz. Er war aufgewühlt. Ja, er sehnte sich nach ihr. Das fühlte er jetzt deutlich. Doch was schreiben? 1948 hatten sie sich das letzte Mal gesehen. Das war bald fünfzehn Jahre her.

Er fragte, »Wann?«

Der VP-Meister sagte, »Jetzt gleich.« Sagte nicht: »Das Ziel besteht darin, von Hübner Fingerabdrücke zu bekommen sowie zu erfahren, was er an die Verlobte schreibt.«

Er starrte die Wand an.

Er drehte den Stift zwischen den Fingern.

Er setzte den Stift auf das Blatt.

»Liebe Ruth.«

Er sah, wie sie einen Briefumschlag aus dem Postkasten nimmt und sich wundert über den Absender. Dietrich Hübner, Brandenburg, Postfach 66/22.

Wie sie den Umschlag hin und her wendet.

Ins Haus zurückgeht.

Sich an einen Tisch setzt, den Umschlag vor sich hinlegt.

Sie legt die Hände in den Schoß.

Und sitzt. Reglos.

Sie legt die Hände auf den Tisch wie auf die Tasten vom Klavier.

Sie erhebt sich.

Sie geht in die Küche.

Sie hantiert.

Sie trocknet sich die Hände ab.

Geht zum Tisch, nimmt den Umschlag, reißt ihn auf und liest.

»Liebe Ruth,

Du wirst erstaunt sein, nach so langer Zeit auf diesem Wege von mir wieder einmal eine Nachricht zu erhalten.

So geht es nun im Strome der Welt, jahrelang hat man nichts unversucht gelassen, um uns alle möglichen Knüppel zwischen die Beine zu hauen, und mit einem Male eine solche Wendung.«

Sie sinkt auf den Stuhl, liest weiter.

»Aber dieses Ding hat natürlich auch einen Pferdefuß. Mitnichten ist es lautere Humanität.

Wieder einmal ist es für mich soweit, daß ich, wie schon lange vorausgesehen, in meine innig geliebte Heimatstadt, nach unserem Dresden, entlassen werden soll.

Und nun hat man sich ausgesucht, daß ich bei Dir doch ein trautes Heim haben könnte.

Ich habe zwar gesagt, daß wir unsere Verlobung schon dreiundfünfzig gelöst hätten und daß ich einen Antrag auf Ausreise bei der Abteilung für Innere Angelegenheiten beim Rat des Bezirkes stellen werde, aber dennoch gab man mir freundlicherweise diesen Sonderbrief, damit Du zu Hause alles gut für den Empfang vorbereiten kannst.

Da wir nun schon lange nichts voneinander gehört haben, ergriff ich die Gelegenheit, um Dir auf diesem Wege eine Vorankündigung zu schicken.

Vor allem sollst Du natürlich auch wieder ein Lebenszeichen erhalten.«

Sie fängt an zu zittern.

»Wenn Du Dir noch über irgend etwas im unklaren sein solltest, so wird Dir Roland über alles ausführlich berichten können.

Was macht der alte Kapitän aus Rostock, Krull hieß er doch wohl, besucht er Dich noch oder ist er schon gestorben? Er wird doch wohl diesen Monat Geburtstag haben. Er muß doch wohl jetzt zweiundsiebzig Jahre alt werden, soviel ich mich erinnern kann, ist er einundneunzig geboren.

Ja, das waren noch Zeiten, als wir bei Punsch bis früh um drei seinem Seemannsgarn zuhörten, so etwas wünsche ich mir mal wieder, das kommt alle zwanzig Jährchen nur einmal und auch dann nur für fünf Stunden.

Übrigens, Mutti hab ich noch nichts davon geschrieben, dass ich nach Dresden entlassen werden soll, warum soll ich die alte Frau unnötig in Sorge versetzen, denn erstens kommt es anders und zweitens als man denkt, und für jede Stunde gibt es eine Uhr und für den Blitz einen Donnerschlag.

So, meine kleine Sonnenblume, nun hoffe ich, dass Du wieder einmal alle Deine Gedanken zusammen und nicht im Klavier verpackt hast.

Ich bin ja schon jetzt auf Deine Augen gespannt, die Du machen wirst, wenn Du diese drolligen Zeilen in Deinen Fingern hältst.

Es ist schon ein starkes Stück, dass mir das passiert ist,

daraus soll die Henne nun ein Ei legen, da hat es der Kuckuck doch leichter, der kümmert sich einen Teufel um die Nester und geht hin, wohin er gehen will, um seine Eier zu legen ….

Mit innigen Grüßen, Dein Dietrich.«

Ohne es zu wollen, wartete er.

Als er die Antwort von Ruth in seinen Händen hielt, krampfte sein Herz.

An Christa schrieb er:

»Ich schrieb völlig harmlos und erhielt auch Antwort. Jubel, Frohsinn, Eierkuchen, na, das kannst Du Dir denken. Du kennst ja ihr jähes Temperament, sie ist wie ich, gibt keine Fingernagelbreite auf.

Sie denkt natürlich, wenn ich nicht nach der Bundesrepublik entlassen werde, bleib ich hier, also neigt sich die Waage zu ihren Gunsten. Was dem einen sein Leid, ist dem anderen sein Freud.

Da wird natürlich nichts draus.

Selbst wenn uns die Grenze zeitweilig oder für immer trennen sollte, könnte ich Ruth niemals mit meinem Schicksal verknüpfen, denn sie ist nicht der Typ ihrer biblischen Namenschwester.«

Am Morgen des 24. April 1963 wurden die Gefangenen nicht geweckt, die Zählung blieb aus. Es wurde nicht geheizt und kein Kaffee ausgegeben. Alle Gefangenen, auch die Arbeitskommandos der VEB, das Küchen- und Kesselhauspersonal, alle Kalfaktoren blieben auf der Zelle unter Verschluß. Alle verfügbaren VP-Angehörigen wurden zusammengezogen zu einer Großfilzung der Zellen, der Betriebsräume und der Gefangenen mit Leibesvisitation. Die Aktion wurde von zwei Leuten in Zivil, MfS, beaufsichtigt. Gegen zwölf Uhr war die Aktion beendet. Schutt wurde zusammengekehrt und verbrannt.

Um 11.30 Uhr wurde er zu einer Vernehmung abgeholt. Im Raum standen zwei Männer. Der eine, so schätzte er schnell, etwa 1,65 bis 1,70 groß, etwa achtundzwanzig Jahre alt.

Er dachte, Sanguiniker.

Schlank, südländischer Typ, Kopf schmal, Gesichtsfarbe dunkel, große tiefbraune Augen, starrer Blick, schmale Lippen, intelligent.

Er dachte, Ich nenne ihn Herzog Alba.

Der andere 1,78 groß, vielleicht achtunddreißig Jahre alt, breitschultrig, kompakt, helles, etwas lichtes blondes Haar mit tiefen Stirnecken. Helle, durchsichtige Gesichtsfarbe, helle blaue, melancholische Augen, vorspringende, gerade, ausgeprägte Nase, gewölbte große Stirn, langschädelig, Hinterkopf etwas abgeflacht.

Er taufte ihn Aquamarin.

Aquamarin sagte, »Was glauben Sie, wer wir sind?«

»Nun, wahrscheinlich Staatssicherheit.«

»Und was wollen wir?«

»Weiß ich nicht.«

»Wie oft haben Sie schon mit der Staatssicherheit zu tun gehabt?«

»Überhaupt noch nicht.«

»Überhaupt noch nicht in fünfzehn Jahren?«

»Nein.«

Alba sagte, »Ist das nun Glück oder Pech, wie bewerten Sie das?«

»Das ist Glück.«

»Wieso?«

»Weil ich …«

»Vielleicht ist es auch Pech.«

»Nein.«

»Sie halten sich für klüger als die Staatssicherheit, wir sind aber doch klüger als Sie.«

»Schon möglich.«

Aquamarin sagte, »Wann werden Sie entlassen?«

»Im Juli.«

»Das glauben Sie.«

»Ja, dann habe ich die Haft beendet.«

»Das ist aber noch gar nicht gesagt.«

»Daß man mir noch ein Ding dreht, mit dieser Möglichkeit habe ich immer gerechnet.«

»Was wollen Sie nach Ihrer Haftentlassung beginnen?«

»Ich gehe nach Westberlin.«

»Wohin gehörten Sie vorher?«

»Nach Dresden.«

»Also werden Sie nach Dresden entlassen. Schlagen Sie sich aus dem Kopf, daß Sie nach Westberlin kommen.«

»Nein, meine Freunde in der Bundespublik werden mich unterstützen.«

Alba sagte, »Wer sind Ihre Freunde?«

»Es ist besser, nicht auf jede Frage eine Antwort zu geben.«

»Ihre Freunde sind Brundert, Kronstedt, Heilsberg. Sie sehen, wir sind über alles gut informiert.«

»Nun, ich möchte Kronstedt und Heilsberg nicht als meine Freunde bezeichnen.«

»Diese bezeichnen Sie aber als Ihren Freund.«

»Möglich, vielleicht achten sie mich meiner politischen Einstellung und Haltung wegen.«

»Diese haben auch viel für Sie getan.«

»Kann sein.«

»Was macht Brundert jetzt?«

–

»Schweigen?«

»Manchmal ist es besser zu schweigen. Im übrigen können Sie sich doch informieren.«

»Natürlich haben wir es nicht nötig, uns bei Strafgefangenen zu informieren, aber uns interessiert, was Sie darüber wissen.«

»Das glaube ich gern.«

»Nun gut, aber nach Dresden müssen Sie doch, zu Ihrer Braut, Ihrer ehemaligen Braut, Sie sehen, wir wissen Bescheid.«

»Ich werde aber trotzdem nach drüben kommen.«

Aquamarin sagte, »Meinen Sie, die Grenze hat Löcher? Sie hat keine Löcher.«

»Ich weiß, daß es schwierig ist und das Leben kosten kann. Aber lieber sein Leben hingeben müssen für fünf Minuten Freiheit, als ein Leben in Knechtschaft zu verbringen.«

»Herrscht hier Knechtschaft?«

»Ja.«

»Passen Sie auf, was Sie sagen, Sie sind noch nicht entlassen.«

»Ich weiß.«

»Sie spielen den Märtyrer.«

»Für meine Idee bin ich zu jedem Opfer bereit.«

Alba sagte, »Was ist das für eine Idee?«

»Die Idee der Freiheit, der Demokratie und der Humanität.«

»Warum waren Sie eigentlich in der LDP?«

»Ich hielt sie damals für eine demokratische Partei.«

»Und heute?«

»Heute ist sie ein Anhängsel der SED.«

»Für das Gespräch können wir Ihnen schon wieder fünf Jahre geben, wenn wir das wollen.«

»Wenn Sie einen Vorwand suchen, mir einige Jahre überzuhauen, werden Sie einen finden. Das stört mich nicht.«

»Sind Sie lebensmüde?«

»Nein, ich werde bis zum letzten Augenblick für meine Sache kämpfen. Ich weiß, ein Feind, der sich nicht ergibt, muß vernichtet werden.«

Aquamarin sagte, »Was sind Sie von Beruf?«

»Ich war Verwaltungsangestellter.«

»Verwaltungsangestellter, das ist gar nichts. Sie müssen doch einen Beruf erlernt haben.«

»Bis 45 war ich Soldat, nach dem Krieg machte ich

mein Abitur, dann war ich Organisationsreferent im Bezirksverband der LDP.«

»Hauptamtlich angestellt?«

»Ja.«

Alba sagte, »Haben Sie auch mit deren Bezirken zu tun gehabt oder anderen Ländern?«

»Ich war Mitglied des Ausschusses für Jugend und Nachwuchsfragen beim Landesverband Sachsen, des Landeswirtschaftsausschusses und der Sozialen Studienhilfe, einer öffentlichen Angelegenheit für Stipendienerteilung an Studenten, als Vertreter der LDP im Landes- und Bezirksausschuß Dresden.«

Aquamarin sagte, »Warum arbeiten Sie eigentlich nicht?«

»Ich habe die Arbeit im Oktober vorigen Jahres aus Protest gegen die asozialen Verhältnisse im Kesselhaus niedergelegt. Anschließend hat man mir tagelang Essen, Trinken und Waschwasser verweigert und mich dann ins Krankenhaus gebracht.«

»Waren Sie im Karzer?«

»Im Keller, in der Absonderung.«

»Haben Sie keine Karzerverpflegung bekommen?«

»Nein.«

»Warum nicht?«

»Der Arbeitsverweigerung wegen.«

»Und warum arbeiten Sie jetzt immer noch nicht?«

»Ich bin jetzt Etagenreiniger.«

»Das wissen wir, aber warum nehmen Sie keine feste Arbeit an?«

»Weil sich noch nichts geändert hat!«

»Das meinen Sie.«

»Ja.«

Alba sagte, »Wenn man nicht arbeitet, kann man das natürlich nicht feststellen.«

»Ich habe bisher noch nichts gemerkt.«

»In Dresden werden Sie dann arbeiten müssen.«

»Wir werden sehen.«

Aquamarin sagte, »Wir geben Ihnen jetzt einen guten Rat, wir sind human. Sehen Sie sich vor, sonst wird nichts aus Ihrer Entlassung im Juli. Wir warnen Sie!«

Alba sagte, »Ich möchte Ihnen jetzt ein Sprichwort sagen, das kennen Sie auch. Es gibt mehrere, aber dieses heißt: Wer Dreck anfaßt, besudelt sich.«

Er neigte seinen Kopf zum Zeichen, daß er verstanden hatte.

Er wollte sagen, Ich werde mir gleich die Ohren waschen.

Er kam nicht dazu.

Alba sagte, »Und nun können Sie gehen.«

Am 4. Mai holten sie ihn wieder.

Er sollte sich setzen. Aquamarin, Alba und noch ein Mann waren im Raum.

Alba sagte, »Wir haben Ihr Spiel durchschaut, das Sie mit Keil treiben.«

Er schwieg.

Alba sagte, »Sie haben Talent bewiesen. Sie könnten innerhalb von vierzehn Tagen entlassen werden, in die BRD.«

Aquamarin sagte, »Unter der Voraussetzung, daß Sie für uns arbeiten.«

Alba sagte, »Sie sind doch Anhänger der FDP.«

Er sagte, »Ich verbitte mir ein solches Anerbieten. Das ist die größte Unverschämtheit, die ich je erlebt habe.«

Sprang auf.
Aquamarin sagte, »Setzen.«
Alba sagte, »Nun, wenn Sie nicht wollen.«
Aquamarin sagte, »Abführen.«

Er wurde auf strenge Isolierung gelegt.
Nach der Isolierung kam er in eine Sechsmannzelle.

Ruth schrieb an die Anstaltsleitung, als folge sie einer Ahnung:
»Vor einigen Tagen erhielt ich Post v. m. ehemaligen Verlobten Dietrich Hübner, der sich bei Ihnen in Haft befindet. Ich habe seit Jahren nichts von ihm gehört, da ich mit seinen Angehörigen nicht mehr in Verbindung stehe und er bisher nicht an mich schreiben durfte.
Besteht die Möglichkeit, daß ich ihn einmal sprechen kann? Sollte dies nicht der Fall sein, so wäre ich Ihnen dankbar, wenn Sie mir mitteilten, ob er wirklich entlassen wird und wann, ob er den Brief empfangen durfte, welchen ich an ihn schrieb u. wann wir einander wieder schreiben dürfen.«

Die Anstaltsleitung gestattete keinen nochmaligen Sonderbrief.

Am 16. 5. wurde erneut eine Befragung mit ihm durchgeführt.
Er weigerte sich, Platz zu nehmen. Er sagte, er betrachte sich als Bürger der Bundesrepublik und habe nichts weiter zu sagen.

Der Sommer wurde heiß. Die Stechmücken wurden unbarmherzig. Die Ungeduld war groß. Mara sang dagegen an. Mit ihrem Chor, sie nannten sich Pieper.

Sie sangen jetzt auf deutsch. Bei der Arbeit, Mara war für leichte Feldarbeit eingesetzt. Margarete zum Kartoffelschälen und zum Wasserbeschaffen.

Nach Deutschland schrieb Mara, »Mein Herzensjunge, wie geht es Dir? Bist Du fleißig u. denkst auch mal trotz Deiner Sportbeg. an mich. Warte, wenn ich komme, dann Boxen wir mal ne Runde, denn ich hoffe auf baldiges Wiedersehen (ds. Jahr), denn seit März ruhen sich Herz = Nerven aus u. vielleicht kann ich Dir zu Deinem 16. Geb. selbst gratul. Wollen wir unseren Herrgott bitten, daß es nicht mehr zu lang dauert.«

An Geburtstagen sang der Chor. Zwei Choräle und eine heitere Weise. So war das Ritual. Danach der Liedwunsch. Meistens aus der Operette *Glückliche Reise*. Dann sang Mara »Drüben in der Heimat, da blüht ein Rosengarten, drüben in der Heimat, da blüht das Glück«.

Mara hatte gesagt, »Wir gründen ein Geburtstagsbüro«.

In mühsam ertauschten Notizblöcken trugen die Frauen ihre Geburtstage ein und den eines Angehörigen.

Eine fertigte kleine selbstgezeichnete Karten, andere schrieben Gedichte.

Maras fünfzigster Geburtstag war am 4. September 1955.

Zwei Tage zuvor hatte sie eine Karte verteilt. Poststempel *Lag Punkt 2, Baracke 4* in Bleistift gezeichnet. Und mit Bleistift geschrieben, »An die Zeugen in Sache Oberglucke Jakisch« und dreizehn Namen.

»Amtsgericht der Stadt Taiga Abteilung Geburten

Vorladung

Es werden gebeten die Zeugen« – dreizehn Namen – »zu dem am 4. Sept. 1955 um 14.30 Uhr stattfindenden Termin in Sache ›Oberglucke Jakisch‹ zu erscheinen.

Die Verurteilte erwartet durch Ihre Beihilfe der Torten- und Kuchenvertilgung ihren Freispruch und bittet, die Beweisstücke (Kruschka und Loschka) gesammelt abzugeben.

Bei Nichterscheinen ist ärztliches Attest unbedingt vorzulegen.«

Das sprach sich herum.

Es war ein arbeitsfreier Nachmittag. Die Frauen, mehr als Mara eingeladen hatte, stellten Tassen und legten Löffel auf zusammengestellte Holzkisten, die jetzt wie ein Tisch gedeckt waren. Sie stellten Süßes und Kaffee auf den Tisch. Wer konnte, hatte etwas aus einem Heimatpaket aufbewahrt.

Mara las eine Glückwunschkarte laut vor:

»Liebe Mara, vor Ihnen hier steht geschlossen Brigade vier. Wir können zwar nicht singen wie Ihre Spatzen, denn uns holen bestimmt die Katzen. So versuchen wir in Worten unseren Glückwunsch zu bringen und lassen lieber die Pieper singen. Der Glaube an Gott half Ihnen durch die Jahre der Not. So konnten Sie sich den Frohsinn erhalten und uns manch frohe Stunde gestalten. Für all ihre Mühe danken wir Ihnen von Herzen heut und wünschen Ihnen für Ihre kommenden Lebensjahre noch viel, viel Sonne, Glück und Freud!«

Die Pieper sangen »Taiga«. Maras liebstes Lied. Über die Schönheit und Härte der Landschaft, in der sie jetzt war. Blatnois umringten sie.

Die Frauen gaben Geschenke. Eine handgenähte Tasche, schwarz, darauf gestickt ein Notenschlüssel und das Wort Liebe in kyrillischer Schrift.

Eine ein Stück Seife.

Mara roch mit geschlossenen Lidern weiße Laken im Wind.

Eine andere gab eine Konserve mit Obst. Mara öffnete sie, und jede bekam ein Stück.

Margarete gab einen Seidenschal. Die Blatnoi nahmen den Schal. Ließen ihn durch ihre Finger gleiten. Nahmen ihn weg. Die Frauen konnten sich nicht wehren. Mit den Blatnoi legte sich niemand an.

In die Bestürzung hinein sagte Mara, »Und als schon alles dunkel war, kam die Musik ...«, fing an zu singen, die Frauen fielen ein, eine nach der anderen, und Maras Geburtstag wurde doch ein Fest.

Einige Tage später hörten sie, daß Adenauer in Moskau war. Verhandlung über die Aufnahme diplomatischer Beziehungen gegen Freilassung der letzten Kriegsgefangenen.

Die Frauen wollten mehr wissen.

Margarete sagte, »Ich habe einen BH, den können wir eintauschen gegen Informationen.«

Sie gab den Büstenhalter den Frauen, die zur Außenarbeit eingeteilt waren. Am Abend fragten sie die Rückkehrerinnen.

Die zuckten mit den Schultern. Der BH war weg.

Die Frauen warteten. Die Frauen träumten, während die anderen auf Außenarbeit waren. Es sprach sich herum, daß die Verhandlungen Adenauers erfolgreich waren. Die Frauen träumten wagemutiger. Doch dann fragten sie sich, sind wir Kriegsgefangene?

Es stellte sich keine Ruhe ein, auch nachts nicht, wenn sie auf ihren Narys lagen. Erst recht nicht, nachdem der Politoffizier jede einzelne zu sich befohlen hatte.

Die Fragen waren für jede dieselben und am Ende: Wohin willst du in Deutschland gehen? Er trug für jede eine Stadt in Formulare ein.

Die Herbststürme setzten ein.

Der erste Schnee fiel.

Es wurde Oktober.

Ein Trupp Männer in sauberen Uniformen betrat die Frauenbaracke. Das war ungewöhnlich. Und es geschah zu ungewöhnlicher Stunde. Ungewöhnlich auch die sauberen Uniformen. Die Männer waren hohe russische Offiziere aus Moskau.

Ein Hauch von Rasierwasser.

In die Stille krachte eine Tür.

Margarete kam von der Latrine zurück und stand hinter den Offizieren. Die Jacke durchnäßt, die Filzstiefel durchweicht.

Das Lager war Schlamm, seit die Herbststürme begonnen hatten. Der Schnee blieb noch nicht liegen. Die Baracke war kalt, die Kleidung klamm. Feuer knisterte nur nachts im Eisenofen.

Die Frauen saßen auf ihren Narys.

Die Offiziere lächelten.

Einer sagte in gutem Deutsch, der Oberste Sowjet ließe den deutschen Bürgerinnen durch ihn verkünden, daß ihnen durch eine Amnestie ihre Strafen erlassen werde und beschlossen wurde, sie nach Hause zu schikken.

Keine sagte auch nur ein Wort.

Bewegung allein durch Margarete, die sich an den Offizieren vorbeidrückte.

Die Offiziere verließen die Baracke.

Die Frauen sprangen auf, die Frauen umarmten sich.

Noch in der Nacht wurden die Frauen zur Neueinkleidung befohlen. Neue Wäsche, neue Hosen, neue Buschlats, neue Schuhe. Das war noch nie vorgekommen.

Margarete sagte, »Am liebsten führe ich so zurück, wie ich hier jahrelang herumlaufen mußte.«

Die abgelegte Kleidung wurde an Russinnen verteilt.

An Schlaf war nicht zu denken.

Mara packte ein Bündel.

Briefe. Eine Bleistiftzeichnung. Das einzige, was Götz ihr von sich geschickt hatte.

»Zum Muttertag Sibirien – 8. 5. 55.« Er mit einem Hörer in der Hand, »Hallo 5110/37 Moskau, hier Berlin, Hallo Mamilein!«

Mara strich mit der Hand über das Blatt. Sie dachte, wüßt ich, wie groß er wohl ist, wüßt ich, wie hoch ich schauen muß, wenn wir uns wiedersehen.

Mara packte die zwei Bleistiftstummel ein, das Rouge und den Lippenstift, die handgemalten Glückwunschkarten zum fünfzigsten Geburtstag, die handgenähte schwarze Tasche, darauf gestickt ein Notenschlüssel und das Wort Liebe in kyrillischer Schrift, ihre zwei Hefte, eines blau, eines braun.

Am Morgen kamen die Frauen noch einmal zusammen. Noch einmal tranken sie das heiße Wasser, das sie all die Jahre Morgen für Morgen getrunken hatten.

Danach sang Mara mit dem Chor.

Nachdem sie gesungen hatten, sagte Mara, »Das Morgenrot lüftet den Schleier nun bald, und ich bin noch jung, und ich bin schon alt, was lebet und bebet die Freiheit erstrebt und alles vergessend die Hände erhebt und alles am Ende, was Haß uns erdacht; hier ist der Tag, den Gott uns gemacht.«

Später schrieb Mara in das braune Heft, »Letzte Predigt im Lager, die ich hielt mit meinem kl. 12 Mädchenchor. Am 4. 10. fuhren wir ab.«

Mara verließ das Lager zu Fuß in Richtung Bahnhof. Margarete war es gelungen, auf einen Schlammschlitten zu kommen.

An der Station, an der ein kleiner Sonderzug wartete, füllten russische Frauen Strohsäcke, die in die Güterwaggons gelegt wurden. Noch einmal wurde jeder deutsche Name aufgerufen, bevor die Frauen einstiegen.

Die Türen wurden nicht verriegelt.

Mara sah sich suchend nach Margarete um. Sie war nicht in ihrem Waggon.

Pfiff.

Die Frauen sahen sich an.

Das Anrucken.

Eine ergriff Maras Hand.

Das schwere Anfahren.

Mara ließ die Hand nicht mehr los.

Das ratternde Schweben durch die Nacht mit zunehmender Geschwindigkeit.

Mara dachte, Der Rhythmus der Heimkehr.

Sie fingen erst wieder an zu reden, als sie sich sicher waren, daß es wirklich in Richtung Westen ging. Redeten sich erst bei Sonnenaufgang in den Schlaf.

Wachten, schliefen, wachten. Im Wechsel Freude und Mißtrauen. Noch fuhren sie auf sowjetischem Boden.

Halt in Swerdlowsk. Dort mußten sie den Zug verlassen.

Mara dachte, Es wäre auch zu schön gewesen.

Auf einem Platz standen Männer. Viele Männer. Deutsche.

Eine der Frauen schaute genau hin. Sie rief, »Da ist ja mein Mann.«

Keine konnte sie halten.

Sie rannte auf ihn zu.

Kein Kommando schritt ein.

Auf dem Platz befand sich ein Unterstand aus Holz, links und rechts je ein Offizier. Unter dem Unterstand Akten. Häftlingsakten.

Die Männer und Frauen wurden einzeln aufgerufen, die Gesichter mit Fotos verglichen.

Auf dem Gleis stand ein Zug unter Dampf, Güterwaggons und Personenwagen. Es wurde Nacht.

Dreißig Männer und acht Frauen wurden nach Aufruf ihres Namens zu Lastwagen geführt, die abseits warteten.

Mara hörte ihren Namen im Morgengrauen. Sie nahm das Bündel, auf dem sie saß, und trat an den Unterstand. Kerzenlicht flackerte.

»In Gnaden entlassen«, war der Satz, den sie hörte.

Mara durfte in den Zug einsteigen, in einen Personenwaggon. Mit abgetrennten Abteilen. Toiletten zwar in jedem Wagen, aber kein Wasser.

In den Güterwaggons waren die Männer untergebracht. Pro Wagen vielleicht vierzig Mann. Sie hatten Platz, sie hatten Strohmatten, sie hatten einen Kanonenofen und Brennholz.

Hielt der Zug auf freier Strecke, zum Beispiel in der Nähe eines Sees, stiegen die, die wollten und konnten, aus, um sich zu waschen. Vor der Weiterfahrt gab der Lokführer ein Signal.

Mara sah aus dem Fenster die russische Landschaft, die herbstlicher wurde, je weiter sie nach Westen kamen. Aber sie sah sie nicht wie eine Reisende. Sie wurde befördert.

Mara dachte, In ein neues Leben zurück.

Ihr Herz schlug heftig.

Moskau. Zwei Stunden Aufenthalt nutzten welche, um sich die Stadt anzusehen. Einige waren nicht zurück, als der Zug wieder abfuhr.

Margarete und Mara sahen sich am 15. Oktober 1955 wieder.

Mara betrat mit den Piepern den Krankenwaggon. Sie setzten sich zu Margarete. Aßen Obstkonserven und tranken Kaffee und Tee.

Margarete hatte auf irgendeinem Bahnhof von irgendwelchen Arbeitern eine Melone ergattert.

Sie aßen Kekse. Sie schwatzten durcheinander und schmiedeten Pläne. Zuweilen schwiegen sie ahnungsvoll.

Mara sang mit den Piepern, »Sing, Nachtigall, sing, ein

Lied aus alten Zeiten. Sing, Nachtigall, sing, rühr mein müdes Herz.«

Es war Margaretes einundsechzigster Geburtstag.

Brest-Litowsk.

Der Zug wurde geräumt, mußte gereinigt werden. Bis der Zug nicht sauber war, würde die Fahrt nicht weitergehen.

Auf dem Bahnhof wurden Feuer angezündet, an denen sich die Wartenden wärmten.

In einen ostdeutschen Zug stiegen sie, als es dunkel war.

In Viehwaggons die Fahrt durch Polen. Es war kühl, doch die Schiebetür blieb offen. Die Lieder der Frauen gingen von Waggon zu Waggon, bis alle im Zug sangen. Es wurden weniger Stimmen, je näher sie Deutschland kamen.

Mara hatte ein Telegramm geschickt. Ihre Rückkehr angekündigt. Sie wußte seit kurzem, daß Götz nahe Ost-Berlin bei einem Automechaniker in die Lehre ging.

Im Morgengrauen erreichte der Zug deutsches Gebiet. Sechzehn Tage waren sie gefahren.

In Fürstenwalde Abschied von denen, die in der DDR blieben. Die, die weiterfuhren, erreichten um acht Uhr morgens Herleshausen.

Sie überschritten Gleise. Sie betraten westdeutsches Gebiet. Glocken läuteten.

Menschen reichten Getränke, Blumen, Früchte.

Mara verbrannte sich die Zunge an einer Brühe. Jemand hatte ihr eine Tasse in die Hand gegeben.

Menschen umarmten einander.

Margarete und Mara weinten. Ein Taschentuch hatten sie nicht.

Eine Rotkreuzschwester gab ihnen ihres. Margarete hat es behalten.

Von Herleshausen fuhren Busse ins Aufnahmelager nach Friedland. Als sie in Friedland ankamen, schien die Sonne. Fahnen flatterten. Musik spielte.

Mara dachte, Mein zweites Leben beginnt am 20. Oktober 1955.

Mara sah glückliche Gesichter, sah unglückliche Gesichter.

Ihren Götz sah Mara nicht.

Mara sah sich mit einem Bündel in der rechten Hand. Inmitten dieser Menschen. Inmitten von Heiterkeit und Enttäuschung.

Margarete hatte sie aus den Augen verloren.

Mara dachte, Der Himmel hat den Menschen als Gegengewicht zu den vielen Mühseligkeiten des Lebens drei Dinge gegeben: die Hoffnung, den Schlaf und das Lachen.

Mara wollte nur noch schlafen.

Bevor sie fiel, war eine Rotkreuzschwester bei ihr.

Am Abend ein Bad.

Mara dachte, Wüschen sich doch die letzten Jahre ab.

Sie ließ warmes Wasser nach.

Die Gespräche am Nachmittag mit dem Lagerpfarrer, der Presse, dem Rundfunk wie im Nebel.

Den Empfang neuer Kleidung, des Koffers wie im Nebel.

Nach dem Bad schlief sie zum erstenmal seit zehn Jahren in einem Bett.

In dieser Nacht träumte sie nichts.

Am Morgen ließ Mara sich frisieren. Es war der Versuch, aus einer Nummer wieder ein Mensch zu werden.

Mara lachte nicht.

Mara hoffte nicht.

Rotkreuzschwestern brachten sie in ein Müttergenesungsheim in Einbeck.

Die Tür der Zelle wurde geöffnet, der Posten sagte, »Besuch.«

Im Besucherraum saß ein Wachmann.

Mit dem Gesicht zum Fenster stand eine Frau. Als er eintrat, drehte sie sich um.

Er dachte, Mich trifft der Schlag.

Er dachte, Welche Grausamkeiten denken die sich noch aus.

Er dachte, Auch sie ein Instrument in einem perfiden Spiel.

Er sagte, »Ruth!«

Der Wachmann sagte, »Setzen.«

In der Mitte des Raumes ein Tisch und zwei Stühle. Sie saßen sich gegenüber.

Ruth sagte, »Ich habe den Besuch beantragt, und er wurde sogar genehmigt.«

Er sah sie nur an. Sah in ihre großen hellen Augen.

Er sagte, »Du bist so hübsch.«

Sie sagte, »Ich wollte dich noch einmal sehen.«

Er sagte, »Ich laufe nicht davon.«

Sie lächelte. Früher hätte sie gelacht.

Sie schwiegen.

Er dachte, Wo ist mein kleiner Tiger.

Er sagte, »Du wohnst noch in Dresden?

Sie sagte, » Bei meinen Eltern. Ich hänge sehr an ihnen.«

Sie sagte nicht, noch mehr hänge ich an dir.

Sie sagte, »Du wirst in die DDR entlassen.«

Er sagte, »Das sagen sie mir hier. Sie sagen es nicht nur, sie lassen es mich auch spüren.«

Sie sagte, »Gib dir doch mehr Mühe.«

Er sagte, »Bist du darum hier?«

Sie schwieg.

Er sagte, »Ich gehöre in die Bundesrepublik.«

Sie sagte, »Nimm doch endlich Vernunft an.«

Er sagte, »Laß uns von dir reden.«

Sie sagte nichts.

Dann sagte sie, »Ich bin recht krank. Ich bekomme Leberspritzen.«

Er sagte, »Ich werde dir aus Bonn schreiben. Sobald ich dort bin.«

Sie nickte.

Er dachte, Ein ätherisches Wesen.

Sie sagte, »Bald bekomme ich eine eigene Wohnung.«

Er sagte, »Das Leben geht weiter.«

Sie sagte, »Ja.«

Er sagte, »Mach dir keine Gedanken. Mein Leben ist verlaufen, wie es sollte, und ich weine keiner Stunde nach.«

Sie legte ihre rechte Hand auf seine Hände. Er nahm ihre Hand in seine Hände. So saßen sie.

Sie sagte, »Du bist jetzt siebenunddreißig.«

Er sagte, »Das ist gerade die richtige Zeit, um was Ordentliches zu beginnen.«

Sie sagte, »Manche sind heute schon Generaldirektor.«

Er sagte, »Nun, ich habe auch studiert und gewiß nicht schlechter.«

Sie sagte, »Generaldirektor wolltest du sowieso nicht werden.

Er sagte, »Auf Tingeltangel kann ich verzichten. Ich bin nicht unglücklicher als andere Menschen.«

Sie sagte, »Das ist doch alles relativ.«

Er sagte, »Und hängt vom Menschen selbst ab. Ich habe meine Welt, in der ich lebe, und dafür wirke ich.«

Sie sagte, »Man soll nicht so sehr am eigenen kleben?«

Er sagte, »Das ist sonst wie bei einem Käfer, der auf dem Rücken liegt und mit den Beinen strampelt und nicht vorwärtskommt. Die an sich selbst geleimten Naturen werden das nicht begreifen. Du bist eine reife Frau und kannst das verstehen.«

Sie sagte, »Du hüpfst lieber auf beiden Beinen durch die Gegend und jätest das Unkraut aus, das an deinem Wege steht.«

Er sagte, »Und greife nach den Schmetterlingen, freu mich über die Blumen und begieße sie, damit sie auch schön blühen.«

Er dachte, Es ist ein letztes Abschiednehmen.

Er wußte, sie dachte das auch.

Er wurde traurig.

Sie tat ihm leid.

Er dachte, Ich glaube, daß ich ein solches Gefühl haben darf.

Sie sagte, »Du hast dich nicht verändert.«

Sie ließen die Hände los. Als wüßten sie, daß die halbe Stunde vorüber war.

Sie stand auf. Sie sagte ganz leise Auf Wiedersehen. Ihr Duft blieb im Raum.

Er dachte, Ich muß mich für neue Aufgaben rüsten.

Notiert wurde:

»Die Besucherin versuchte den Strfg. Hübner von seiner irrigen Meinung, daß er Bundesbürger sei, abzubringen.

Die Besucherin forderte den Strfg. auf, sich mehr Mühe in seinem Verhalten zu geben und nicht immer der negativen Beeinflussung seiner Mutter zu unterliegen. Hierauf antwortete H. nur ausweichend.

Der gestrige Besuch wurde einmalig genehmigt. Bei weiteren Anträgen von seiten der Besucherin müßte Genehmigung ebenfalls erfolgen. Frl. ... bestärkt den Strfg. nicht in seiner feindlichen Einstellung, sondern versucht, ihn im positiven Sinne zu beeinflussen.«

Am 4. Juni 1963 stellte er schriftlich einen Antrag auf Ausreise in die Bundesrepublik.

Am 14. Juni erfolgte der Haftbeschluß.

Am 15. Juni wurde er gegen 15 Uhr von der Strafvollzugsanstalt Brandenburg-Görden in die Untersuchungshaftanstalt Potsdam überführt.

Bei seiner Einlieferung wurden abgenommen und zur Aufbewahrung übergeben:

1 Jacke, 1 Hose, 1 Hemd, 1 Unterhemd, 1 Taschentuch, 1 Paar Halbschuhe, 1 Kamm, 2 Brotbüchsen, 1 Becher, 1 Seifendose, 1 Netz.

Am 18. Juni schrieb Christa:

»Nun, mein geliebter Junge, dieses ist der letzte Brief, den ich Dir nun nach Brandenburg sende, hoffentlich erhältst Du ihn noch. Von heute ab sind es genau 26 Tage noch, dann werden Deine Akten dort geschlossen.

Ich sehe alles im Geiste, wie es ist, und werde alles weiter verfolgen.

Wie sich die großen Tore dort schließen.

Mein geliebter Junge, wie mußt Du Dir wohl vorkommen, wieder ein freier Mensch zu sein, und die Welt mit anderen Augen zu sehen. (...)

Nun mein lieber Dietrich, gehe mit Gott an Dein neues Lebensziel, dieses soll auch Dein Leitspruch sein, mein Junge, denn er hat Dich 15 Jahre trotzdem beschützt, wenn Du auch nicht ganz meine Ansicht teilst, ich weiß, Dein eiserner Wille, Deine geistige Einstellung haben Dich über manch schwere Stunde hinweggebracht, ich weiß alles sehr genau.

Du hast Dir immer viel Mühe gegeben, um Dich aufrecht zu halten, sonst hättest Du keine 15 Jahre so ausgehalten.

Auch bei mir sind die Jahre nicht spurlos vergangen, ich habe auch große Energie aufbringen müssen, aber man hat sie geschafft, oft wollte ich schlappmachen.

Nun zähle ich die Tage nur noch. Sie werden schnell vergehen.«

Der Brief wurde einbehalten.

Am 11. Juli wurde eine richterliche Vernehmung durchgeführt.

Ihm wurde eine schriftliche Stellungnahme vorgelegt, die nicht er geschrieben hatte.

Er las:

Daß er zur Aussage bereit sei, daß die Anschuldigungen gegen ihn richtig seien, daß er Hetzlosungen verfaßt habe, daß er dies schon seit 1957 tue, weil er mit der Politik der DDR nicht einverstanden sei und gegen die Verhältnisse in der Haftanstalt Brandenburg protestiere.

Er dachte, Totschlagen werden sie mich nicht. Ob ich unterschreibe oder nicht, ist unmaßgeblich.

Also unterschrieb er.

Danach wurde der Haftbefehl ausgestellt.

Am 13. Juli 1963 saß Christa am gedeckten Tisch im Wohnzimmer und wartete auf ihren Sohn. Tischdecke, Kaffeeservice, Gläser aus der Tauscherstraße, Dinge, die sie im Koffer aus Dresden nach Berlin hatte tragen können. Er sollte sich gleich zu Hause fühlen.

Sie goß sich ein Schnäpschen ein und dachte an den Brief, den sie am 20. Mai an den Petitionsausschuß des Bundestages geschickt hatte.

»Ich wende mich zum jetzigen Zeitpunkt vor allem deswegen an Sie, da ich Sie bitten möchte, alles in Ihrer Macht Stehende zu versuchen, daß mein Sohn nach seiner Entlassung aus dem Zuchthaus Brandenburg-Görden nicht in der SBZ (Dresden) verbleiben muß, sondern sofort, wie es sein und mein verständlicher Wunsch ist, zu mir nach Berlin kommen darf.

Ich habe Dresden am 15.5.1956 verlassen und bin jetzt eine alte herzkranke Frau von 69 Jahren, und mein größter Wunsch ist es, meinen Sohn wiederzusehen.

Herr Dr. Blos vom DRK in Berlin sowie Hr. Rechtsanwalt Haegert haben mir bereits ihre Hilfe in dieser Angelegenheit zugesagt, konnten mir aber bisher wenig Hoffnung machen. H. Rechtsanwalt Haegert, wohnhaft Berlin-Schöneberg, Dominicusstr. 21, hat sich u. a. auch mit dem SED-Anwalt Dr. Kaul in Ost-Berlin in Verbindung gesetzt. Dieser hat aber Hilfe in jetziger Zeit abgelehnt u. erklärt, er könnte erst etwas unternehmen, wenn mein Sohn am 13.7.63 aus dem Zuchthaus entlassen sei.

Ich hoffe nun sehr auf Ihre Hilfe und auf eine Antwort. Für Ihre Bemühungen danke ich Ihnen im voraus.

Hochachtungsvoll,

Ihre Ch. Hübner.«

Sie konnte ihren Augen kaum glauben, als sie drei Wochen später die Antwort in den Händen hielt:

Eine kurzfristige Bearbeitung sei wegen der großen Zahl von Petitionen leider nicht möglich. Sie solle sich daher gedulden und von Erinnerungen absehen.

Es wurde Abend.

Christa dachte, Man darf in der heutigen Zeit nicht jeden als Freund betrachten. Es ist ihm schon einmal so ergangen. Er kann nicht aus seiner Haut heraus. Er ist so ganz wie sein Vater. Vätchen kam in der Nazizeit vors Kreisgericht, und ich wartete drei Stunden. Er kann aus seinem Herzen keine Mördergrube machen. Er hat einen aufrichtigen Charakter.

Sie wurde nervös. Sie sprach mit Roland. Nein, auch er wußte nichts.

Sie räumte den Tisch ab. Sie setzte sich in den Sessel am Fenster. Dunkelheit legte sich ins Zimmer. Sie schaltete das Licht nicht an. Von draußen hätte jemand in kurzen Abständen einen roten Punkt aufleuchten gesehen.

Christa wartete drei Tage.

Sie schickte ein Telegramm mit Rückantwort an den Leiter der Haftanstalt Brandenburg-Görden Fritz Akkermann.

Sieben Tage später, am 20. Juli, erhielt sie Nachricht.

»Ihr Sohn meldet sich in den nächsten Tagen bei Ihnen. Teilt Ihnen brieflich mit, wo er sich befindet. Anstaltsleitung.«

Am 15. Juli erneute Vernehmung um 10.30 Uhr morgens.

Nach zweieinhalb Stunden die Frage, »Welche staatsfreundliche Tätigkeit haben Sie in der Strafvollzugsanstalt in Brandenburg betrieben?

Er, »Nachdem ich in der richterlichen Vernehmung am 11. 7. 1963 über das Herstellen und Verbreiten von Flugblättern ausgesagt habe, möchte ich die Zusammenhänge meiner strafbaren Handlungen im Strafvollzug infolge des Umfangs und der Kompliziertheit des Sachverhaltes über die Gründe meiner Handlungen schriftlich ausführen. Ich bitte daher um die Möglichkeit.«

Einige Tage später saß er einer jungen Staatsanwältin gegenüber.

Sie lächelte.

Er sah blondes Haar, blaue Augen.

Er dachte, Genau mein Typ.

Er lächelte.

Er dachte, Von denen genau auf mich zugeschnitten.

Sie sagte, »Sie haben bisher jede Aussage verweigert.«

Er, »Ja, ich warte.«

Sie, »Sie haben doch schon lange genug gewartet.«

Er, »Jetzt warte ich auf den Prozeß.«

Sie, »Das ist kein guter Gedanke. Man wird Sie nicht zu Wort kommen lassen.«

Er, »Die haben an mir ein Verbrechen begangen.«

Sie, »Geben Sie alles vorher zu Protokoll. Bei Gericht haben Sie keine Chance.«

Er dachte, Warum ist sie so freundlich?

Er kam zurück auf die Zelle.

Er bat um Stift und Papier.

Er dachte, Ich habe nie einen Hehl aus meiner Überzeugung gemacht, und ich werde es auch jetzt nicht tun.

Endlich, am 23. Juli, Post für Christa. Aus Potsdam, nicht aus Brandenburg-Görden.

Sie riß den Umschlag auf. Sie sah, der Brief war an dem Tag geschrieben, an dem sie auf ihn gewartet hatte.

»Liebe Mutti, Du wirst sicherlich schon sehnsüchtig auf eine Nachricht von mir gewartet haben.

Leider kann ich Dir vorläufig nicht die Freude eines Wiedersehens bereiten, so wie wir es uns für diesen Tag erhofft hatten. Mache Dir aber bitte deshalb keine unnützen Gedanken und laß vor allem den Mut nicht sinken.

Ich weiß, daß es für Dich einen schweren Schlag bedeutet, die Hoffnung auf ein baldiges Wiedersehen wieder aufschieben zu müssen, aber leider kann ich daran auch nichts ändern, wir müssen uns eben noch etwas gedulden. Für mich kommt das alles nicht überraschend, ich habe mit dieser Möglichkeit immer gerechnet, so daß ich nicht wesentlich beeindruckt bin.

Meine einzige Sorge bist nur Du allein, daß Du mir keine Dummheiten machst.

Im Augenblick ist erst einmal ein neues Strafverfahren

gegen mich eröffnet worden, was dabei herauskommt, muß man erst einmal abwarten.

Ich bin jung und gesund, lebe für meine Idee und in ihr. Meine Überzeugung hat mich stark gemacht und hart, vor allem gegen mich selbst, es gibt nichts, was mich erschüttern könnte oder mich bewegte, auch nur einen Schritt von dem Wege abzubringen, den ich nun einmal eingeschlagen habe, heute nicht und auch in zehn Jahren nicht, zu keinem Zeitpunkt.

Deine letzten Zeilen sind vom 25. Mai.«

Christa schrieb umgehend.

»Ich muß sagen, über Deine Nachricht bin ich nicht so erschüttert, wie Du vielleicht annimmst. Gewiß war ich zuerst etwas erregt, aber jetzt habe ich mich schon wieder etwas gefunden.

Ja – mein lieber Junge, nun sind alle unsere schönen Hoffnungen vorläufig dahin. Du kennst mich ja zu Genüge, ich bleibe weiter stark, mein großes Gottvertrauen hilft mir über vieles hinweg.

Mag kommen, was will, mein Junge, ich stehe zu Dir und werde weiter warten, so Gott will.«

Am 25. Juli 1963 war im Berliner Tagesspiegel zu lesen: »Politischer Häftling in der Zone verschwunden.

Der 36jährige politische Häftling Dieter Hübner, ehemaliger Organisationsleiter der OST-LDP in Dresden, ist nach Verbüßung einer 15jährigen Zuchthausstrafe im sowjetzonalen Zuchthaus Brandenburg nicht auf freien Fuß gesetzt, sondern mit unbekanntem Ziel abtransportiert worden. Die Vereinigung politischer Häftlinge des Sowjet-Systems in Westberlin vermutet, daß Hübner wegen seiner freimütigen Äußerungen während der Haft möglicherweise ein neues Strafverfahren wegen ›Staatsverleumdung‹ in der Zone bevorstehe.«

In anderen Zeitungen der Bundesrepublik erschienen Meldungen.

Christa suchte Rechtsanwalt Musolick auf. Zeigte ihm den Brief ihres Sohnes. Bat um Hilfe.

Musolick schrieb dem Bundesminister für Gesamtdeutsche Fragen Wolfgang Mischnick.

»Auf Bitten der Mutter, die Rentnerin ist, habe ich sofort einen geeigneten Verteidiger mit der Interessenvertretung beauftragt. Ich bitte schon jetzt die Übernahme der Anwaltskosten in diesem besonderen Falle genehmigen zu wollen. Es darf mit an Sicherheit grenzender Wahrscheinlichkeit davon ausgegangen werden, daß Hübner ein politisches Delikt zur Last gelegt wird.«

Am 26. Juli bat Rechtsanwalt Helmut Sehrig seinen Kollegen Wolfgang Vogel »in einer ausgesprochen unerquicklichen Angelegenheit« um Mandantenübernahme.

Vogel brachte in Erfahrung, daß bei der Abteilung I der Bezirksstaatsanwaltschaft Potsdam ein Ermittlungsverfahren gegen Hübner eingeleitet worden war.

Im August unterschrieb Wolfgang Vogel eine auf ihn lautende Vollmacht und war nunmehr als Verteidiger legitimiert.

Das Bundesministerium für Gesamtdeutsche Fragen erklärte sich einverstanden, die Kosten der Strafverteidigung zu übernehmen.

Jemand ließ Christa wissen, die Pressemeldungen zeitigten den ersten Erfolg. Herr Mischnick sei aufgewacht!

Vogel erwirkte »Sprechgenehmigung« und wollte seinen Mandanten in Potsdam in der Haft besuchen.

Christa gab Vogel einen Brief für ihren Sohn mit. Darin schrieb sie: »Durch Herrn Rechtsanwalt Vogel wirst Du diesen Brief erhalten. Er war so nett und bot es mir an. Vertraue Dich Herrn Rechtsanwalt Vogel voll und ganz an, dieses ist für mich eine ganz besondere Erleichterung.«

Am 31. Juli erhielt er endlich Papier und Stift.

Er setzte sich an den Tisch in der Zelle und schrieb. Sich die Wut vom Leib und seine Sicht der Dinge. Über die Zustände der Haft in all den Jahren, über die Tischlerei, die Schneiderei, das Kesselhaus, über den Widerstand, das MfS und die Spitzel und über Ackermann, über die Zeit, als sie ihm tagelang Essen und Trinken entzogen hatten.

Er schrieb nach neunundzwanzig Seiten:

»Ich habe mich nicht zu rechtfertigen. Was ich getan habe, entsprach meiner politischen Überzeugung. Mein Handeln geschieht aus grundsätzlichen Erwägungen. Meine Gegnerschaft zum Kommunismus beruht auf der Erkenntnis, daß seine Grundpositionen falsch sind.

Die Losung ›Mit Gewalt zum wahren Humanismus‹ ist für mich eine Verneinung des humanistischen Grundgesetzes, das heißt: Grundsätzliche gegenseitige Duldsamkeit, deren politischer Ausdruck eine freiheitliche Demokratie ist. Freiheit als Möglichkeit, nach eigener Überzeugung für das Wohl der menschlichen Gesellschaft wirken zu können. Demokratie als Staatsform der gemäßigten Verhältnisse mit der größtmöglichen Gewaltentrennung, wo der Wille des einzelnen innerhalb der Gesamtheit am stärksten zur Geltung kommt. Aus diesem Grunde verurteile ich das Prinzip der sogenannten Klassendiktatur, gleichgültig von welcher Seite. Ich bekenne mich zur Bundesrepublik, da sie meinen Vorstellungen einer Demokratie weit mehr entspricht als das in Mitteldeutschland errichtete Regime.

Ich erkenne nur einen deutschen Staat an. Der durch die freie Entscheidung seiner Bürger gebildet worden ist. Das war in Mitteldeutschland nicht der Fall.«

Anfang August begannen die Verhöre.

Roland schrieb indes an den Sender Freies Berlin, daß sein Bruder, der politische Häftling Dietrich Hübner, der 1948 von einem sowjetischen Militärgericht verurteilt und dessen Haftstrafe 1955 auf fünfzehn Jahre herabgesetzt worden wäre, jetzt erneut vor ein Zonengericht gestellt werden sollte. Bisher hätten seine Mutter und er es für richtig erachtet, diese Angelegenheit nicht der deutschen Öffentlichkeit zu unterbreiten, weil sie angenommen hätten, daß Publizierung dem inhaftierten Bruder nur schaden könnte.

Die Bundesregierung wäre über den Fragenkomplex seit langem unterrichtet. Sie hätten geglaubt, daß durch einen internationalen Austausch der Bruder die Freiheit erlangen könnte. Leider schienen davon seitens der Bundesregierung keine Bemühungen in dieser Richtung unternommen worden zu sein.

Ende August erfuhr Christa vom Referat Wiedervereinigung der FDP in Berlin, daß Bundesminister Wolfgang Mischnick in der Angelegenheit ihres Sohnes Ermittlungen eingeleitet habe. Sie erfuhr außerdem, daß Bundesgeschäftsführer Hans Dietrich Genscher gemeinsam mit dem Vizepräsidenten des Deutschen Bundestages, Herrn Dr. Dehler, ihrem Sohn Dietrich auf geeignete Weise helfen wolle.

Und sie erfuhr, daß dem Sender Freies Berlin seitens des Referates Wiedervereinigung empfohlen worden sei, von einer vorgesehenen Sendung über den Haftvorgang bis zum Abschluß der Ermittlungen Abstand zu nehmen.

Am 16. September informierte Wolfgang Vogel seinen Westberliner Kollegen Helmut Sehrig, das Bezirksgericht Potsdam habe den Termin zur Hauptverhandlung auf den 15. Oktober 1963, 8 Uhr, anberaumt.

Sehrig setzte umgehend den Vorsitzenden der FDP-Bundestagsfraktion Erich Mende in Kenntnis.

Laut Vogel werde der Mandant beschuldigt, »von Ende 1957 bis Mitte Juni 1963 fortgesetzt und planmäßig handelnd in der Strafvollzugsanstalt Brandenburg mindestens 183 Flugblätter, die eine Hetze gegen die Sowjetunion, gegen die DDR und gegen Funktionäre unseres Arbeiter- und Bauernstaates enthielten, hergestellt und unter den Strafgefangenen verbreitet zu haben mit dem Ziel, diese aufzuwiegeln und die ordnungsgemäße Durchführung des Strafvollzugs zu stören.

Die Anklage stützt sich auf § 19 StEG (schwerer Fall).«

Nach einem Besuch bei seinem Mandanten einige Tage vor der Verhandlung schrieb Wolfgang Vogel an Helmut Sehrig, die Hauptverhandlung werde sehr schwierig werden, weil sich der Mandant in recht heftiger Opposition befinde, die er vor Gericht auch zum Ausdruck bringen wolle. Er, Vogel, habe dem Mandanten geraten, sich maßvoll zu verhalten.

Mara hatte das Klavier im Speisesaal des Müttergenesungsheims lange gemieden.

Sie betrachtete ihre Hände. Grob, dachte sie.

Sie strich über die Tasten. Glatt, dachte sie.

Sie schlug einen Ton an. Spielte ein paar Akkorde. Die Töne waren hart und ungelenk.

Langsam tastete sich Mara heran.

Die Heimleiterin, eine Krankenschwester, eine Köchin redeten ihr zu.

Mara dachte, Die drei Frauen haben mich gerettet.

Die Akkorde wurden zu einer Melodie, weich und anmutig.

Mara dachte, Lachen und hoffen. Und singen, gegen alle Enttäuschungen.

Götz.

Obwohl sie ihm mehrmals geschrieben hatte, erst eine Karte von ihm.

»Mutter, ich danke Dir.«

Was sie wußte, wußte sie aus Briefen. Von ihrer ehemaligen Schwägerin Margarete aus einem Brief vom 6. November 1955.

»Maralein, geliebtes!

...Noch ist Götz nicht bei Dir. Ich bin zwar überzeugt, daß alles glatter gehen wird, als wir jetzt annehmen. Ich an Deiner Stelle aber würde jetzt auch handeln. Erwin würde ich dabei nicht übergehen. Ihm ganz offiziell mitteilen, daß Du nach Deiner Rückkehr nun selbstverständlich das Sorgerecht für Götz wieder übernehmen würdest und er ihn in Finow abmelden möchte, damit Du den Jungen zu Dir nehmen könntest. … Außerdem kann Dein Zögern von dieser Giftnatter, Frau Hartung Nr. 2, wieder so ausgelegt werden, daß es mit Deiner Mutterliebe wohl nicht so weit her sein kann, wenn Du ihn nach 9 Jahren Trennung noch nicht wiedersehen willst.«

Von der Frau des Meisters aus einem Brief vom 11. November:

»Daß Ihr Sohn sich bereits sei ca. 1¼ Jahr in unserem Hause als Lehrling des Kraftfahrzeughandwerks befindet, wissen Sie wohl bereits.

Ja, Götz ist ein sehr eigenwilliger Junge, und mein Mann hat das erste ¾ Jahr durchaus keinen leichten Stand mit ihm gehabt …

Wir lassen keinen Fehler durchgehen.

Aber wie jeder andere Mensch hat auch Götz 2 Seiten. Er kann manchmal recht lieb sein.

Sein Vati hat dem Meister sozusagen die Sorgeberechtigung z. großen Teil in die Hand gegeben, da er selber (Herr Hartung) beruflich leider verhindert ist. Götzens Vati kleidet seinen Jungen wirklich prima.«

Mara dachte, Das sieht ihm ähnlich.

»Ihr liebes Päckchen und Briefe hat er erhalten. Ich hab auch gesehen, daß seine Augen leuchteten, als wir von Ihnen sprachen. Doch lassen Sie Ihrem Junge ein kleines bissel Zeit, er muß sich an die neuen Verhältnisse gewöhnen.«

Mara dachte, Neue Verhältnisse!

»Ja, liebe Frau Hartung-Jakisch, vor Ihrem geistigen Auge steht vielleicht noch der kleine Götzi von damals. Jetzt aber ist er ein stattlicher, sehr selbstbewußter hübscher junger Mann.«

Mara dachte, Götzi!

»Götz ißt gut, reichlich und braucht nicht zu hungern und hat sich für sein Alter kräftig entwickelt. Leider ist noch zu bemängeln, dass er mit seinem Geld noch nicht richtig hauszuhalten versteht und fast immer etwas knapp bei Kasse ist.

Ich habe Ihnen nun Ihren Jungen geschildert, damit Sie sich als Mutter ein Bild davon machen können. …

Götz weiß nichts von diesem Brief, und wir bitten darum, ihm gegenüber keinen Gebrauch davon zu machen.«

Von einem Herren, der einen Artikel gelesen hatte, aus einem Brief vom 14. November:

»Vielleicht kann ich Ihnen zu dem Ergehen Ihres Sohnes Götz einige zweckdienliche Mitteilungen machen, die, wenn sie sachlich hart ausfallen, nicht geschehen, um Ihnen wehe zu tun, sondern vielleicht helfen, daß Sie hoffentlich recht bald an dem Jungen durch mütterliche Liebe reichlich wieder gutmachen können, was ihm ein böses Schicksal bisher verdorben hat.

Ihr Götz hat sich mehrere Jahre in einer Baracke, der einzig noch von der U-Boot-Leitstelle Dönitz mitten im Walde stehengebliebenen, unter einer Gruppe von ›schwer erziehbaren‹ Kindern befunden und ist schulmäßig von der Bodelschwingh-Siedlung Lobetal bei Bernau betreut worden.

Der Eindruck der Erzieher war, daß Ihr Sohn den verbliebenen Eltern unbequem war und deshalb von diesen dorthin geschickt wurde. Sie haben sich praktisch nicht um ihn gekümmert. Selbst zur Einsegnung erschien der Vater nur zur kirchlichen Feier und verschwand danach sofort wieder.«

Der, der Mara das schrieb, wußte es von seiner Schwägerin, die eine Zeitlang Schulleiterin dieser Schule gewesen war.

Vom Meister des Kraftfahrzeughandwerks aus einem Brief vom 18. November:

»Wir haben volles Verständnis, daß Sie Ihr Kind sehen wollen, und es bleibt dabei, wie es im Brief mitgeteilt wurde.

Wie stellen Sie sich das vor? Ich soll Götz Urlaub geben, damit der Junge illegal per Flugzeug über die Grenze kommt? Wissen Sie denn, was das bedeutet und wie so was ausgelegt werden kann? Dazu gebe ich niemals meine Zustimmung.

Es könnte ein Interzonenpass beantragt werden, welches sehr lange dauert und ob er noch genehmigt wird, ist unter den gegebenen Umständen fraglich, dann wäre das eine legale Angelegenheit.

Nun zu dem Brief an Götz. Warum setzen Sie dem Jungen einen Floh ins Ohr? Sie hatten unseren Brief noch nicht erhalten und … wußten noch nicht, wie es hier langgeht, und fangen nun solche Sachen an mit Mercedes usw. Nein, Frau Jakisch, so geht es nicht.«

Mara dachte, Hoppla.

»Wir sind durch Verträge gegenseitig gebunden, und die werden erfüllt von meiner Seite. Glauben Sie, Sie können Ihr Kind, welches Ihnen ja vollständig entfremdet ist, so an sich ziehen? So auf keinen Fall. Im Gegenteil, der Zwiespalt im Kind wird immer größer, und seiner Arbeitsmoral und seinem Fortschritt dient es auf keinen Fall.

Da jetzt nun durch besondere Umstände die Möglichkeit gegeben ist, daß Sie Ihr Kind 15 Jahre früher sehen und sprechen können, so bitte ich Sie, sich doch noch die kurze Zeit zu gedulden.«

Mara dachte, Was denkt der sich eigentlich. Fünfzehn Jahre früher!

Am 24. November hatte sie dem Meister geschrieben, ihm gedankt für seine »prompte und etwas eigenartige Antwort. Von Herzen freu ich mich auf den Moment, wenn Sie mir m. Jungen wohl üb. Sonntag bringen u. wir uns persönlich die Hand zum Gruß reichen, dann werden Sie vielleicht feststellen, daß Ihr Ton mir gegenüber wohl nicht ganz der richtige ist.

Mit offenen Karten, wie Sie so schön schrieben, wird bei mir nur gespielt, lb. Herr Meister u. bitte machen Sie sich keinerlei Gedanken, bin ich doch sehr glückl., Götz in so guten Händen zu wissen und Ihnen von Herzen dankbar für Ihre Muße u. Geduld. Böse bin ich Ihnen auf keinen Fall, im Gegenteil, sehr sehr dankbar und Sie müssen mir verzeihen, wenn ich zu impulsiv handelte ohne Hintergedanken, denn im Moment liege ich noch, dann kommt erst Erholung u. wieviel Zeit wird noch vergehen, bis ich mich dann irgendwo niederlasse.«

Mara führte Gespräche. Mit Journalisten. Schon bald nach ihrer Ankunft waren sie zu ihr nach Friedland gekommen. Zahlreich.

Mara las Schlagzeilen in Zeitungen.

»Operettenstar kehrte heim.«

»Die Häftlinge nannten sie die Nachtigall von Sibirien.«

»Mara Jakisch wird wieder singen.«

Mara sprach mit alten Bekannten und Freunden vom Film und von der Bühne. Sie machte sich Hoffnungen und zweifelte. Nachts schlief sie unruhig. Weihnachten und Neujahr blieb Mara allein.

Am zweiten Tag des Jahres 1956 öffnete Mara den Brief einer Fremden.

»Durch meinen Schwager erhielt ich Nachricht von Ihnen und danke herzlichst für Ihren lieben Gruß.

Meine Kollegen und ich haben uns sehr über diese Nachricht gefreut, hatten wir doch Götz drei Jahre in unserer Schule. Er sprach einmal in der 6. Kl. von seinem Schatz. Es war eine goldene Kette von seiner Mutter! Also stimmt es nicht, daß er sie ablehnte.

Er war bei uns ein Schüler wie alle anderen Jungen, oft etwas labil in seiner Stimmung, was ja wohl verständlich ist.

Viel Freude hatten wir an ihm, wenn Theater gespielt wurde. Er war mit Begeisterung dabei und spielte so ungezwungen und natürlich, daß es oft verblüffend war.

Im Knabenheim Bergauf, welches zu den Bodelschwinghschen Anstalten gehört, werden alle Schüler christlich erzogen. Heimleiter Schönfeld selbst ist Diakon. Politisch hat man es bisher unterlassen, irgendwelchen Druck auszuüben, so daß auch unsere Schularbeit eine ruhigere war, als sonst.

Ich schreibe Ihnen das von Westberlin und bitte Sie herzlichst, davon keinen Gebrauch zu machen.

Wir wissen nicht, was uns die Zukunft bringt!«

Im Februar stand Mara erstmals nach über zehn Jahren auf einer Bühne. In Hamburg. Doch es war nicht der große Auftritt, auch wenn er in der Staatsoper war.

Eine kleine Notiz im Hamburger Abendblatt. »In der Hamburger Staatsoper findet am 13. Februar wieder ein großer bunter Abend der Bühnengenossenschaft im Zusammenwirken mir dem NDR statt, dessen Beitrag für alle alten und notleidenden Schauspieler bestimmt ist. In dem geplanten reichen Programm erscheint unter anderem Mara Jakisch, die während ihrer Gefangenschaft als ›sibirische Nachtigall‹ vielgenannte Operettensängerin, erstmals wieder auf einer deutschen Bühne.«

Das Kostüm, das Mara an jenem Abend trug, hatte ihr Käthe Dorsch geschenkt. Ihr, die Mara noch von früher kannte, hatte sie geschrieben. Hatte um Rat und Hilfe gebeten. Mara konnte sich von der geringen Unterstützung, die sie als Heimkehrerin erhielt, nicht einmal Noten von Opern- und Operettenarien oder Konzertliedern kaufen.

Nach dem Konzert kehrte sie in das Genesungsheim in Einbeck zurück. Dort fragte sie sich, Was soll aus mir werden?

Es wurde März.

Mara hatte Götz noch immer weder gesehen noch gesprochen. Der Meister war nicht zu ihr gekommen, an keinem Sonntag, in keinen Ferien.

Mara dachte, Vielleicht ist mein Junge schon zu sehr an einem Ort verwurzelt. Er kennt mich nicht. Wie könnte er mich verstehen.

Am 12. März 1956 las sie in einem Brief vom Meister:

»Wir sind gerne bereit, mit Götz zu Ihnen zu kommen, damit Sie ihn endlich sehen und sprechen können. Haben auch mit ihm diesbezüglich Rücksprache genommen ...«

Mara dachte, Rücksprache genommen.

»... aber leider ist er nicht sehr davon erbaut. In den Westsektor zu Verwandten fährt er nicht. Dies ist auch der Grund dafür, warum ich sofort antworte, damit Sie noch rechtzeitig disponieren können.

Teilen Sie uns umgehend mit, damit wir noch rechtzeitig die Post bekommen, wo, an welchem Ort und zu welcher Zeit wir Sie im Ostsektor treffen können.«

Mara dachte, Ich traue dem Meister nicht.

Im April sang Mara in Hannover. Nicht im Mellini-Theater, sondern auf einer kleinen Bühne.

Im Mai sang sie in Berlin. In der Waldbühne, als eine unter vielen. Nico Dostal lud sie nach Salzburg ein, er widmete ihr einen Schlager.

Im November sang sie anläßlich Paul Linckes 90. Geburtstag im RIAS.

Sie zog in eine kleine Wohnung in Frankfurt am Main.

Die Frau des Meisters, bei dem Götz in die Lehre ging, schrieb Mara im Mai 1957:

»Ja, liebe Frau Hartung. Wenige Monate und er hat seine Lehre beendet. Was weiter wird?«, und daß Götz sich einer Zahnbehandlung unterziehen lassen mußte.

Die Frau des Meisters schrieb:

»Jetzt ist mein Götz wieder obenauf.«

Mara dachte, Ihr Götz!

Die Frau des Meisters schrieb:

»Möchte gern wissen, was wird, wenn Götz das 18. Lebensjahr erreicht hat. Wird der Vater seine freigiebige Hand zurückziehen?«

Hartung gab dem Meister Lehrgeld für seinen Sohn. Bezahlte Kleidung und Essen. Der Meister hatte ein gutes Auskommen.

Die Frau des Meisters schrieb:

»Der Vater hat Götzens Verhalten nicht verdient für alle seine Geldgaben und Geschenke.«

Am 5. Oktober hatte Götz Geburtstag. Bald darauf verließ er die DDR.

Zuerst ging er nach Westberlin. Zu Verwandten. Zu Margarete, seiner Tante. Zur Mutter nach Frankfurt fuhr er nicht.

In Westberlin traf Götz eine Cousine in seinem Alter. Sie fand ihn sehr gut aussehend. Unglaublich sportlich. Götz war ein guter Boxer. Das war er schon, als er noch im Heim gewesen war.

Seiner Cousine erzählte Götz, »Meine Mutter und Großmutter wurden verhaftet, da war ich sieben. Vater hat sich meiner kurz angenommen. Dann hat er mich weggegeben. Ich war ihm wohl zu anstrengend.«

Götz und die Cousine freundeten sich an. Sie gefielen sich. Er brachte ihr Boogie bei, sie ihm das Tennisspiel. Manchmal fuhren sie Motorrad, den Führerschein hatte er noch während seiner Lehrzeit bestanden.

Mara dachte, Er macht die lange Abwesenheit, die ich erleiden mußte, mir zum stillen Vorwurf. Aber es kann auch gar nicht anders sein. Wir haben ein deutsches Schicksal. Es wird nicht geredet.

Mara reiste derweil weiter durch die Republik. Nicht zum Vergnügen. Sie verdiente Geld in kleinen und größeren Städten. In Kurhäusern, Turnhallen, Vereinshäusern, Trinkhallen. Im Rundfunk.

Sie tat es für Götz mehr als für sich.

Das Reisen war Mara beschwerlich, das Singen widersprach ihrem Gefühl.

Mara dachte, Meine Seele ist noch nicht heimgekehrt.

Sie war nur durch Erinnerungen mit den Welten verbunden. Mit der, in der sie gewesen war, bevor sie unvermittelt in eine andere verschleppt wurde. Mit der, in die sie verschleppt wurde, bevor sie zurück in die kam, aus der sie verschleppt worden war, die *sie* nicht mehr kannte und die sie nicht mehr kannte.

Mara dachte, Erinnern werde ich, dagegen kann ich nichts tun, jedoch, erinnert werden will ich nicht.

1957 beschloß Mara, mit dem Reisen aufzuhören. Sie suchte sich Büroarbeit. Sie dachte, Nur so überlebe ich.

Sie dachte, Wenn Götz zu mir kommt, werde ich vielleicht noch einmal glücklich.

Als sie ihn endlich in die Arme schloß, spürte sie den Widerstand gegen ihre Nähe. Spürte sie die Fremdheit, die er empfand. Vielleicht hatte auch er Angst. Als er sieben Jahre alt gewesen war, hatten sie sie von ihm fortgerissen. Jetzt war er bald zwanzig. Ein Menschenleben.

Sie dachte, Ich muß alles gutmachen an ihm.

Und sie verfluchte Götzens Vater.

Mara fragte Götz nach seinem bisherigen Leben.

Götz erzählte nicht. Wollte nicht. Konnte nicht.

Götz fragte nicht nach ihrer Vergangenheit. Wollte nicht. Konnte nicht.

Mara dachte, Wie sieht er Erwin ähnlich. Dachte, Wie ist Götz ihm ähnlich.

Erwin Hartung sang weiter im Rundfunk und auf Bühnen.

Mara dachte, Erst für die Nazis, dann für die Kommunisten, jetzt in der Bundesrepublik. Spielt sogar kleine Rollen im Fernsehen.

Einmal, später, gastierte er in Frankfurt. Mara ging nicht hin. Nicht einmal aus Neugier.

Sie schrieb: »Viel Leid und Tränen über Götz' Vater, so auch mit Götz – Tränen oft – aber ist mein Sohn, meine guten Gedanken für ihn, muß wie Mulli still sein, fällt oft schwer.«

Vom Wohnzimmerfenster aus sah sie nachts auf die Skyline halb im Dunst, den Mond als Sichel. Wenn sie die Skyline wegdachte, nur den Mond als Sichel sah, war Mara in Sibirien. Ein paar hundert Kilometer vom Baikalsee entfernt, in der weißen Weite, in der Einsamkeit, in der Stille war, die endlos zu sein schien. Manchmal nur hatte sie sie gehört. In solchen Momenten schwebte sie.

Und sie sah das Licht. Dieses blaue Licht von Sibirien. Das sie nicht ersehnte. Das sie nicht losließ.

Dann blätterte sie in ihrem blauen Heft. 1954 hatte sie geschrieben: Sibirien, auf dem Weg zur Arbeit (Bäume fällen) Nur der's erlebt, kann's ermessen. Nur der's erfühlte, kann's verstehn. Versuchen, schweigend zu vergessen, was ich erlebt, gefühlt, gesehn.

Am 15. Oktober 1963 knallte der Riegel seiner Zellentür.

»Kommse.«

Von der Stimme des Wärters kannte er das Auge aus dem Sichtfensterchen des Türspions. Die Klappe wurde in regelmäßigen Abständen geöffnet.

Er trat aus der Zelle in den Gang. Der Gang war hell erleuchtet.

Das Auge sagte, »Gesicht zum Boden.«

Er senkte den Blick.

»Umdrehen, Gesicht zur Wand.«

Die Tür seiner Zelle wurde verriegelt.

»Gehnse.«

Er lief, durch Gänge über Treppen. Er hörte Schritte hinter sich. An Gittern mit Türen mußte er stehenbleiben, Gesicht zur Wand.

Er hörte ein Schlüsselbund, den Schlüssel in einem Schloß.

»Gehnse.«

Er ging ein paar Schritte.

»Stehenbleiben. Gesicht zur Wand«, bis die Tür wieder verschlossen war.

Er hörte die Schritte hinter sich, bis vor eine Tür, die nicht aus Gittern bestand.

»Stehenbleiben. Gesicht zum Boden.«

Die Tür wurde geöffnet.

Er trat ein.

Er sollte sich setzen. An einen Tisch neben seinen Anwalt Wolfgang Vogel. Mit im Raum ein Staatsanwalt und ein Richter, den er nicht als Richter anerkannte.

Er dachte, Henker.

Ihm wurden die Anklagepunkte vorgelesen.

Er hörte Wörter wie Hetzschriften, Parolen gegen unser Staatsoberhaupt, den Genossen Ulbricht. Strafbar nach Absatz 2 Paragraph 19 StEG.

Der Richter schwieg.

Er hatte das Wort. Er hörte sich Wörter sagen wie Verbrechen gegen die Menschlichkeit, Leichen auf dem Karnickelberg und in den Splittergräben, »Gelbes Elend« in Bautzen, Verbrechen an mir, tagelang Entzug von Essen und Trinken. Er redete sich in Rage.

Der Richter sagte, »Wenn Sie weiter solche faschistischen Äußerungen von sich geben, führe ich die Verhandlung ohne Sie fort.«

Sein Anwalt Wolfgang Vogel schwieg.

Das Gericht zog sich zur Beratung zurück.

Der Anwalt und er warteten in einem Nebenraum. Vogel beugte sich zu ihm und sagte, »Die Presse drüben ist eingestiegen.«

Er lächelte.

Nach fünfzehn Minuten erschien das Gericht zur Urteilsverkündung.

Vier Jahre Zuchthaus. Die Untersuchungshaft seit dem 14. Juni rechnete das Gericht an. Da für die Zeit vom 14. Juni bis zum 12. Juli die Strafvollstreckung in der alten

Sache unterbrochen war, sollte er diese Zeit nachverbüßen.

Nach der Urteilsverkündung wurde er auf demselben Weg, den er gekommen war, wieder in seine Zelle geführt. Er hörte das Knallen des Riegels.

Er war allein.

Vogel schrieb seinem Kollegen Sehrig noch am selben Tag nach Westberlin, Berufung lege er nicht ein. Er habe das mit dem Mandanten so abgesprochen, er selber sei heilfroh, daß im Termin keine Nachtragsanklage erfolgt sei, denn der Mandant sei so heftig aufgetreten, wie er es in zehnjähriger Praxis noch nicht erlebt habe.

In nochmaliger Unterredung glaube er, den Mandanten dazu gebracht zu haben, sich künftig der Anstaltsordnung zu fügen. Sonst folge noch ein drittes Strafverfahren. Gehör habe er allerdings nur gefunden, weil er zum Ausdruck gebracht habe, daß diese Empfehlung von der Mutter und den Freunden komme. Übrigens habe sich die ehemalige Verlobte aus Bernburg mit der Staatsanwaltschaft in Verbindung gesetzt. Diesen Kontakt sollte man bewahren. Die Staatsanwaltschaft sei bereit, der Verlobten eine Sprechgenehmigung zu vermitteln.

Einige Kleinigkeiten hätte er in der Haftanstalt für den Mandanten abgeben können.

Die Mutter sollte es bald mit einem Paket versuchen.

Vogel hielt es für äußerst wichtig, daß der Mandant das Gefühl hätte, von seinen Angehörigen und Freunden nicht verlassen zu sein.

Er blieb allein auf 3,5 Quadratmetern. Holzpritsche, WC, Blechkanne und Plastikteller.

Er dachte, Hier ist es anders als in Görden.

Still. Berechnend.

Das hier hatte System.

Es ging um seine Seele.

Stimmen, dachte er.

Seines Vernehmers. Seines Anwalts. Seines Richters.

Die hatten wenigstens noch Gesichter.

Dreimal täglich hatte er Kontakt mit einer Hand, die ihm Mahlzeiten durch eine Klappe in der Tür hineinreichte.

Sonst kein Geräusch, außer dem seiner Schritte, auf und ab. Seiner Stimme. Gedichte.

Einmal in der Woche, das Wasser aus einer Dusche in einem Waschraum außerhalb der Zelle.

Am 31.12. durch Lautsprecher in die Zelle Beethovens Neunte.

In seiner Gedankenwelt blieb er.

Er dachte, Darin habe ich schon Übung.

Ende Januar war er wieder in Brandenburg-Görden.

Zum Jahreswechsel erhielt Rechtsanwalt Alfred Musolick in Berlin einen Brief vom Bundesministerium für Gesamtdeutsche Fragen in Bonn. Erich Mende, jetzt Vizekanzler und neuer Minister für Gesamtdeutsche Fragen, überlege, ob die Verurteilung des politischen Häftlings Dietrich Hübner publizistisch hochgespielt werden solle, um damit eventuell eine Freilassung zu erreichen. Für eine streng vertrauliche Stellungnahme wäre Mende dankbar.

Musolick schrieb an den Bundesminister für Gesamtdeutsche Fragen Erich Mende, er befürworte ein solches Vorgehen, glaube jedoch, daß es erforderlich wäre, eine solche Maßnahme nicht nur mit der Mutter abzustimmen, die ja in Berlin ansässig sei, sondern in erster Linie mit dem Vorstand der FDP sowohl in Berlin als auch möglicherweise in Bonn.

Roland, der vor Jahren aus der FDP aus- und in die SPD eingetreten war, wandte sich jetzt an den Bundestagsabgeordneten der SPD-Fraktion Adolf Müller-Emmert:

»Mein Bruder ist, das ist mir von Freunden bekannt, die 10 Jahre mit ihm zusammen waren und in den letzten Jahren entlassen wurden, der einzige politische Häftling aus dem Jahr 1948.

Meine Mutter und ich sind uns einig, daß wir, nachdem uns der Sender Freies Berlin die Zusage gegeben hat, den Fall meines Bruders im Fernsehen aufzugreifen, in Kürze davon Gebrauch machen, wenn nicht durch internationalen Austausch von Häftlingen die Möglichkeit gegeben ist, meinen Bruder freizubekommen.

Bisher wurde uns von einer Offenlegung des Falles immer von denselben Leuten abgeraten. Ich persönlich halte von einer Fernsehsendung, wovon die gesamte Weltöffentlichkeit in Kenntnis gesetzt wird, mehr als von allen internationalen Kreuz-und-quer-Verhandlungen, die bisher nie zum Ziele geführt haben.

Da Du auch im Rechtsausschuß des Bundestages zweiter Vorsitzender bist und Dr. Bucher der Fall meines Bruders bekannt ist, bitte ich Dich, zunächst einmal, mit diesem zu sprechen. Du kannst ihm von mir Grüße bestellen, denn wir kennen uns aus der Zeit, als ich Mitglied des Landesvorstandes der FDP in Berlin war – 1957.

Du, mein lieber Parteifreund Dr. Müller-Emmert, bist jetzt der letzte, an den wir uns wenden.

Ich glaube, der Fall Dietrich Hübner ist eine Angelegenheit, der man nunmehr doch langsam Bedeutung zuwenden soll, alle Tröstungen haben keinen Wert, wenn nicht irgend etwas geschieht.«

Emmert wandte sich daraufhin am 18. Juni an den Vizekanzler und Minister für Gesamtdeutsche Fragen Erich Mende, setzte ihm den Fall auseinander und sagte, er wäre ihm sehr verbunden, wenn Mende die vorgetragenen Argumente überprüfen würde.

Anfang Juli schrieb der SPD-Abgeordnete Adolf Müller-Emmert an Roland.

Das schwere Schicksal des Bruders, der nun schon seit sechzehn Jahren in Haft sitze, sei Mende wohl bekannt. Mende habe in Gesprächen mit Persönlichkeiten, die sich mit dem Fall Hübner ebenfalls beschäftigen, und anhand der in seinem Hause vorhandenen Unterlagen geprüft, ob es ratsam sei, diesen Fall durch Presse und Rundfunk hochzuspielen.

Beim Abwägen des Für und Wider sei Mende aber zu der Überzeugung gekommen, es sei im Augenblick besser, von einer Pressekampagne abzusehen, weil jetzt konkrete Hoffnungen auf eine Freilassung in absehbarer Zeit bestünden; nachdem zunächst einmal fünf Inhaftierte freigelassen worden seien, sei zu erwarten, daß weitere Entlassungen erfolgen. Mende habe zugesichert, daß Rolands Bruder bei den nächsten Austauschverhandlungen mit an der Reihe sei, insofern als er am Anfang der Liste der fünfzig Auszuhandelnden stehe.

Christa und Roland warteten.

Am 6. August erhielt Christa endlich Nachricht von Vogel, er habe die sehr erfreuliche Nachricht für sie, daß ihr Sohn in der Zeit vom 15. bis 18. 8. 1964 zu ihr entlassen werde. Sie solle ihn im angegebenen Zeitraum erwarten. Für jetzt und später sei jedoch in der ganzen Sache Diskretion erforderlich, da sich sonst für ihn, Vogel, Komplikationen ergäben, die sie nicht übersehen könne.

Vogel bat um Verständnis und hoffe auch, daß ihr Sohn seine Situation berücksichtigen werde.

Am 14. August 1964 öffnete sich die Tür zu seiner Zelle.

Der Strafvollzugsbeamte sagte: »Kommse!«

Er ging vor dem Strafvollzugsbeamten durch das ganze Gebäude.

Im Hof stand ein Transporter.

»Einsteigen.«

Die Tür wurde geschlossen.

Nach draußen sehen konnte er nicht.

Er dachte, Verlegung.

In Potsdam sagten sie, »Sie werden entlassen. Nach Dresden.«

Er dachte, Psychoterror.

Er bekam einen Anzug. An den Armen und Beinen zu kurz.

Es waren ungefähr dreißig Männer und Frauen, die in einen Bus stiegen.

Der Bus fuhr in Richtung Thüringen.

Der Tag neigte sich zur Nacht.

Bei Eisenach war es stockdunkel.

Es war totenstill.

Der Bus hielt in einem Wald.

Die Männer und Frauen stiegen aus.

Sollten loslaufen.

Er dachte, Jetzt schießen sie uns in den Rücken.
Dann stand da ein anderer Bus.
Die Männer und Frauen wurden empfangen, stiegen ein, fuhren bis nach Gießen.
Es kamen zwei Regierungsbeamte von der hessischen Landesregierung. Die sagten, auch zu ihm: »Wir begrüßen Sie hier. Sie dürfen aber nichts über Ihre Haft erzählen, nichts über die Freilassung. Vor allem nichts zur Presse.«
Er dachte, Dasselbe haben die im Osten auch gesagt.
Die Männer und Frauen wurden an einen anderen Ort gebracht.
In der Haftbescheinigung der Freiheitlichen Juristen liest es sich so:
»Von Brandenburg über Berlin I gelangte Herr H. mit einem Transport mit weiteren 36 politischen Häftlingen nach Büdesheim.«

Das erste, was er tat, er telegrafierte seiner Mutter:
Bin entlassen, komme nach Berlin.
Roland wurde von Müller-Emmert unterrichtet. »Lieber Roland, ich kann Dir die erfreuliche Mitteilung machen, dass Dein Bruder Dietrich am 14. 8. 1964 aus ostzonaler Haft nach Westberlin entlassen wurde.
Diese Nachricht bekam ich am 15. 8. 64 telefonisch durch den Personalreferenten des Ministers für Gesamtdeutsche Fragen, Dr. Mende, übermittelt.
Der Ordnung halber möchte ich Dich noch darauf hinweisen, dass Du die Entlassungsmitteilung vorerst als vertraulich behandeln mögest.
Dies wurde mir vom persönlichen Referenten des Herrn Ministers besonders ans Herz gelegt.«

Am 17. August 1964 flog Dietrich Hübner von Frankfurt nach Berlin-Tempelhof.

Er hat nicht Hurra geschrien.

Er dachte, Ich kenne dieses Leben nicht. Das letzte, was ich in Freiheit sah, war ein zerbombtes Dresden.

Mara strich behutsam mit der Hand über die Tischdecke, als schiebe sie Krümel zusammen. Eine Bewegung, die sie verinnerlicht hatte. Brot war kostbar gewesen – dort, dachte sie.

Immer öfter dachte sie jetzt, wenn sie Sibirien dachte, dort. Von dort erzählte sie selten.

Im Wohnzimmer, in dem der Tisch war, an dem sie saß, stand auch der Flügel. An den Wänden hingen Bilder von Komponisten. Scherenschnitte. Die Sänger hingen in ihrem Schlafzimmer.

Sie betrachtete die neunzig Jahre alten Hände.

Mara dachte, Sie wollen nicht mehr. Schon gar nicht am Klavier.

Sie blickte durch das Fenster im dritten Stock. Unten die Schloßstraße. Lieblos bebaut mit drei- und vierstökkigen Mietshäuern der fünfziger oder sechziger Jahre. In der Mitte der Fahrbahn Straßenbahnschienen, rechts und links davon fuhren die Autos, stadteinwärts auf der Seite, auf der das Haus stand, in dem Mara wohnte.

Das Haus, in dem Mara wohnte, ragte als einziges auf der Schloßstraße acht Stockwerke empor. Trostlos tagsüber der Blick nach draußen. Auch auf die Skyline in der Ferne.

Nachts nur verstellte ihr die Trostlosigkeit nicht den

Blick. Nachts, wenn die Konturen verschwammen und die Lichter zu Sternen wurden – wie die Sterne dort.

Mara öffnete einen Umschlag, der an jenem Tag im Jahr 1995 mit der Post gekommen war. Briefe öffnete Mara für gewöhnlich im Wohnzimmer an diesem Tisch, an dem sie jetzt saß, ganz nah bei ihren Komponisten.

Sie zog ein Blatt heraus. Kyrillische Buchstaben.

Bescheinigung über die Zeiten unter Beobachtung und Beeinträchtigung der Lebensqualität.

Die Rehabilitierungsurkunde.

Nach vierzig Jahren also eine Seite.

Die große Brille im faltigen, schmalen Gesicht beschlug.

Mara schrie.

Mara legte das Blatt aus der Hand.

Mara blieb lange noch sitzen.

Später nahm sie ein Buch aus dem Regal. Hofprediger Johannes Kessler. Der vier Jahre als Prinzenerzieher am Hof Kaiser Wilhelms II. gearbeitet hatte, bevor er nach Dresden ging.

Sie schlug das Buch auf. Sie las ihre Handschrift. »Dies war mein Pfarrer Kessler, der mich getauft und konfirmiert hat in Dresden in der Lukaskirche.« Im Oktober 1962 hatte sie das ins Buch geschrieben und vergessen.

Mara sah ihn vor sich, den alten Pfarrer, der 1936 eines Tages vor dem Bühnenausgang in Berlin auf sie wartete. Sie sprachen miteinander. Er lud sie ein, ihn aufzusuchen.

Sie las wieder ihre Handschrift: »Ich vergaß es – was ich heute 62 und oft schon vorher beim ›In die Stille gehen‹ sehr, sehr bereue. Zu spät – wie vieles!!«

Sie blätterte im Buch. Sie las bis in die Abendstunden. Als sie zu Ende gelesen hatte, blätterte sie zurück zur ersten Seite.

Jetzt schrieb sie, »1995. Zum 2. Mal gelesen. Welch ein Mensch!! Mein Herz ist traurig über meine ›Versäumnisse‹.«

Dann schlug ihre Stimmung um in Heiterkeit.

Sie stellte das Buch zurück ins Regal.

Sie dachte, Ich werde es meinem Pfarrer hier in Frankfurt schenken.

Den Pfarrer kannte Mara seit etlichen Jahren. Er kam sie besuchen. Neuerdings, seit Mara ihren neunzigsten Geburtstag gefeiert hatte, auch eine Pfarrerin. Wenn der Besuch kam, war der Kaffeetisch gedeckt, eine Kerze brannte. Mit der Pfarrerin trank sie öfter ein Fläschchen Piccolo. Ihr zeigte sie Rouge und Lippenstift, Schminke, die sie dort gemacht hatte, weil sie gesund aussehen muße. Die handgenähte schwarze Tasche, darauf gestickt ein Notenschlüssel und das Wort Liebe in kyrillischer Schrift. Sie zeigte die Alben. Fotos von Mara im Berlin der dreißiger Jahre. Kokett. Verführerisch. Glamourös.

»Ruhm bedeutet mir seit langem nichts mehr«, sagte Mara. »Jegliches Aufsehen geht mir gegen den Strich.«

Und wenn Mara von dort erzählt hatte, sagte sie: »Ein blindes Schicksal gibt es für mich nicht.«

Oder einmal: »In der Welt habt ihr Angst, aber seid getrost, ich habe die Welt überwunden.«

Die Pfarrerin erlebte Mara als Inspiration.

Der Pfarrer erlebte Mara als Solitaire.

Der Pfarrer erlebte Mara auch leicht überdreht. Wenn sie zusammensaßen, er und sie, und sprachen, zelebrierte sie den Moment. Solange sie noch spielen konnte, setzte sie sich manchmal an den Flügel und spielte und sang. Auch religiöse Lieder.

Manchmal erklärte sie ihm die Bilder an den Wänden. Wenn sie die Bilder an den Wänden erklärte, erzählte sie mal von Evelyn Künneke, mit der sie befreundet gewesen war, mal von Käthe Dorsch, die ihr das Kostüm geschenkt hatte, von Hans Söhnker und der gemeinsamen Zeit in Chemnitz, von Alwin Elling, von Ida Wüst, von Paul Henckels.

Sie erzählte vom Mellini-Theater in Hannover, an dem sie ihre ersten großen Erfolge gefeiert hatte, sie erzählte von Berlin, von Operetten. Schwärmte von Franz Lehár und Paul Lincke.

Sie erzählte von Berlin oder Hamburg. Und von einem befreundeten Ehepaar aus Hannover, das eine Backpulverfabrik besaß, und ihr, Mara, als sie wieder in Deutschland war, finanziell geholfen hatte. Von Erwin Hartung erzählte sie nie.

Der Pfarrer fand, was Mara liebte, befremdlich und anrührend zugleich. Eingetaucht in das Licht einer eigenen Welt.

Der Pfarrer fand, Maras Stimmung war eine Mischung aus Einsamkeit, in der sie lebte, und der Feierlichkeit, die sie brauchte.

Vor allem an Heiligabend. Wenn nicht einmal Götz kam.

Sie wollte keinen Besuch. Sie wollte allein sein.

Dann war sie dort.

Bei minus vierzig Grad.

In der Lagerbaracke.

Mit den Frauen.

Auf der Holzkiste, die der Tisch war, eine einzige

Kerze, die sie aus wochenlang gesammelten Wachsresten für diesen Abend geformt hatten.

Und der Stollen, aus Zuckerresten und zerkrümelten Brotkanten, über Wochen vom Mund abgespart.

Sie strich mit der Hand über das Tuch auf der Kiste.

Sie sangen *Stille Nacht, heilige Nacht.*

Mit Gott waren sie, als sie sangen.

Gott und ich, wir haben uns gefunden – dort, dachte sie.

Schon in der Einzelhaft wußte Mara, Gott ist bei mir. Ihm habe ich vertraut.

Im Eis in Sibirien auch der Musik.

Oder erst recht dort, dachte Mara.

Noch mit weit über neunzig ging Mara regelmäßig in die Kirche in Frankfurt-Bockenheim. Meist saß sie in einer der hinteren Reihen.

Solange sie konnte, erledigte sie den Alltag. Sie kaufte ein, sie kochte. Manchmal brannten die Kartoffeln an.

Sie ging in die Konditorei an der Ecke.

Sie las viel. Sie führte eine Art Tagebuch. Schrieb jeden Tag auf, was gekocht wurde, wer anrief, wer kam.

Es waren nur wenige, die sie kannten. Der Kreis wurde immer kleiner. Freunde waren gestorben. Auch die Kameradinnen aus Taischet. Auch Margarete Mehlhemmer. Konnte nicht vergessen. War melancholisch geworden, bis sie es nicht mehr aushielt. Hatte ihrem Leben ein Ende gesetzt, schon 1971.

Ich bin ein Überbleibsel, dachte Mara.

Götz kam nur mehr selten, seit er ein zweites Mal liiert war. Immerhin, dachte Mara, er ist jetzt auch schon ein älterer Mann.

Dankbar war sie, daß sie das erleben durfte.

Abends saß Mara am Fenster und blickte in die weite sibirische, sternenfunkelnde Nacht.

Sie nahm das blaue Heft zur Hand und las, was sie geschrieben hatte – dort.

Tage entschwinden, Jahre vergehn
und Dein Empfinden bleibt so bestehen?
Wie oft wechselst Du Dein Sinnen
Heut denkst Du noch so und so
und morgen möchtest beginnen
die Dinge irgend anderswo
Was am Vortag Du noch für unmöglich gehalten
Heut wird es für Dich zur Selbstverständlichkeit
Und wenn Du auf irgend etwas hinzieltest
Im Nu erscheint es Dir unsagbar weit
So wechseln Jahre und Dein Sinnen
Mit der Zeit – vergißt Du selbst, was einst war
Und dann mußt Du wieder von neuem beginnen –
Deine Gedanken, die früher so klar
verschwimmen ins Nichts.

2002 mußte die Mutter den Sohn zu Grabe tragen.

Mara dachte, Das ist der falsche Lauf der Welt.

Das letzte halbe Jahr ihres Lebens war Mara gebrechlich.

Das letzte halbe Jahr konnte sie kaum einer anfassen, ohne daß sie aufschrie. In ein Krankenhaus wollte sie nicht.

Das letzte halbe Jahr ging ein Nachbar für sie einkaufen, kochte, setzte sich zu ihr und plauderte mit ihr. Über seine alten Zeiten und die ihren.

Kurz vor ihrem Tod bat Mara den Pfarrer, die Trauerfeier für sie zu halten. Vielleicht weil er ein Mann war.

In Maras Vorstellung hatte ein Pfarrer ein Mann zu sein.

Die Trauerfeier fand am 12. Januar 2006 um elf Uhr auf dem Bockenheimer Friedhof statt.

In seiner Rede sagte der Pfarrer, »Wir alle sind bewegt von der Lebensgeschichte dieser ungewöhnlichen Frau. Dresden war ihr Geburtsort, Berlin der Ort ihrer Triumphe als Sängerin und als Filmstar, Moskau für sie der Ort der Schrecken in der Einzelhaft, Sibirien ihr Archipel Gulag, die Glocke von Friedland ertönte auch zu ihrer Befreiung, in unserer Stadt Frankfurt hat sie sich neu gefunden.«

Der Pfarrer sagte auch, »Durch Zufall sind wir geworden, und danach werden wir sein, als wären wir nie gewesen. Unser Name wird bald vergessen, niemand denkt mehr an unsere Taten.«

Mara starb 2005. Sie wurde einhundert Jahre alt.

Mara wurde anonym begraben.

Sie hat es ausdrücklich so gewünscht.

Am Tag nach seiner Ankunft in Westberlin ging er zur FDP. Meldete sich zurück. Schrieb einen Vermerk: in der LDP seit dem 30.5.1946.

Erst danach sah er die Stadt. Europa Center, Ernst-Reuter-Platz, die in den Himmel ragenden modernen Gebäude, die Kongreßhalle, das Messegelände am Funkturm. Am schönsten fand er ihn bei Nacht, beleuchtet.

Er sah den Ku-Damm von Anfang bis zum Ende, die Kaiser-Wilhelm-Gedächtniskirche, die Geschäfte, Cafés, Restaurants, die Menschen. Keine Trümmer.

Er dachte, Ich bin in der Zukunft gelandet.

Er ging zum Brandenburger Tor. Stand vor der Mauer aus Steinen. Dahinter sein Leben davor.

Er dachte, Und es ist auch ein Leben gewesen.

Im Wohnzimmer der Mutter sah er seinen Bruder wieder. Da standen sie, wortlos, sich gegenüber. Sie umarmten sich, wie sich Brüder umarmen, die zum letztenmal 1948 an einem Abend vor seiner Verhaftung zusammengesessen und überlegt hatten, was tun. In der Umarmung blieben sie stehen, bis sie sicher waren, es war kein Traum.

Abends gingen sie in die Stadt.

Roland sagte, »Du sollst endlich was erleben.«

Roland führte ihn in ein Tanzlokal. Da waren schöne Mädchen.

Roland bestellte Schnaps.

Er tanzte mit einem schönen Mädchen. Ihm wurde schwindelig.

Roland sagte, »Geh mit ihr zu ihr.«

Er brachte das schöne Mädchen bis vor die Haustür und verabschiedete sich.

Jeden Nachmittag saß er mit seiner Mutter in ihrer kleinen Wohnung, und sie tranken Kaffee und aßen Kuchen.

Sie sagte, »Ich hatte dir Plätzchen gebacken. Vielleicht für ein Geburtstagspaket. In die Plätzchen hatte ich unsere geheimen Zettelchen eingebacken, damit du sie fändest in der Zelle. Ein paar Damen kamen unangemeldet zum Kaffee. Ich hatte nichts im Haus. Mir fielen die Plätzchen ein, aber ich vergaß die Zettelchen. Wir saßen zusammen und tranken Kaffee und aßen Plätzchen, und eine nach der anderen zog ein Stück Papier aus dem Mund.«

Jetzt konnten sie darüber lachen.

Sie gingen ins Kino und sahen *Doktor Schiwago*.

Er sagte, »In Berlin kann ich nicht bleiben.«

Er wollte dort sein, wo die Bundesregierung war. Darum mußte er nach Unna-Massen ins Auffanglager.

Dorthin kam er am 27. August 1964, an einem Donnerstag. Es war keine Wolke am Himmel.

Eine lange Straße führte vom Bahnhof weg. Die ging er entlang, ein Mann in seinem ersten eigenen Anzug und mit einem Köfferchen in der Hand.

Im Lager wußte man von seiner Ankunft nichts. Es mußte der Leiter gerufen werden. Der führte ihn in eine Baracke, in der sonst fünfzehn Leute untergebracht waren.

Er wurde isoliert, sollte mit niemandem sprechen. Niemand durfte wissen, daß er da war.

Er dachte, Ich komme von einem Irrenhaus ins andere.

An Christa schrieb er:

»Liebe Mutti, ich bin hier gut eingetrudelt, die Fahrt verlief ohne jeden Zwischenfall. Der Flug war recht schön, mit guter Sicht. Brandenburg wurde zwar nicht ausgerufen, aber ich habe es gesehen und mir meine Gedanken dazu gemacht.

Wie oft hatten wir gesagt, wenn die Maschinen über uns hinwegflogen: wenn wir da erst mal drinsitzen. Nun ist es soweit.

Morgen muß ich schon wieder weiter, wohin, weiß ich noch nicht, jedenfalls, sobald meine notwendigen Papiere da sind, und das soll morgen sein.

Hier ist man in heller Aufregung. Ich werde quasi geheimgehalten. Man befürchtet wohl, der Dorfreporter könnte Wind bekommen.

Im übrigen ist Massen ein hübsches Nestchen. Ein großer schöner Komplex mit vielen netten Häuschen, frisch gebaut, gilt als Wohnheim, das ist aber ein ganzes Viertel für sich mit Kinderspielplätzen, Kindergarten, Gemeinschaftsräumen, Bücherei, Lesesälen. Im übrigen ist das kein Lager, sondern alle wohnen für sich und kochen für sich.

Der Tag war fürchterlich heiß, ich habe heute schon drei Flaschen Sinalco und 2 Flaschen Apfelsaft getrunken, allerdings die kleinen zu 35 Pfennig. Nun, in den nächsten Tagen werde ich sparsamer.

Nun werde ich mal sehen, was die Brüder eigentlich vorhaben und wohin sie mich verfrachten, jedenfalls haben sie es mächtig eilig, mich möglichst bald untertauchen zu lassen.«

Am 29. August war er noch immer in Unna-Massen.

Daß Wolfgang Mischnick dagewesen war, ihn hatte sprechen wollen und mit der Auskunft, einen Hübner gebe es hier nicht, abgewiesen worden war, erfuhr er erst viel später.

Er war also für sich allein und ungestört. Er aß und trank. Vor allem Obst und Fruchtsäfte und Milch.

Ab Montag wollte er endlich die Ämter in Bonn aufsuchen.

Am 31. August um 10.05 Uhr kam er in Bonn an. Er wurde nach Duisdorf/Hellerau in ein Übergangswohnheim eingewiesen, Am Alten Heerweg 28 B. Er bezog ein Zimmer, zwölf Quadratmeter, ein Schrank, ein Bett, ein Ofen.

An Christa schrieb er:

»Heute bin ich nun in meine neue Wohnung eingezogen. Ich habe vom Sozialamt ein Zimmer zugewiesen bekommen in einer Sozialwohnung. Es gefällt mir hier sehr gut. Ich habe meinen Elektroherd und bin völlig mein eigener Herr, lebe nicht in Untermiete. Bettlaken und Steppdecke hat man mir auch gegeben.

Autobus nach Bonn ist gleich vor der Tür, 20 Minuten bis zum Zentrum. Du siehst, es fehlt an nichts.«

Jetzt war er ein Mensch in Eile.

Er hatte kaum Geld, die 600 Mark, die er in Gießen erhalten hatte, waren bald aufgebraucht. Er hatte keine Krankenversicherung, keinen Lichtbildausweis.

Noch besaß er kein einziges amtliches Dokument. Er brauchte Hilfe.

Er ging von Amt zu Amt.

In den ersten zehn Tagen gab er einen Rentenantrag beim Versorgungsamt ab, einen Antrag auf Annullierung des Urteils von 1963, bewarb sich an der Universität Bonn, bemühte sich um Arbeitslosenunterstützung und Überbrückungshilfe.

Er kaufte sich eine Schreibmaschine und machte sich zum erstenmal in seinem Zimmer Bartkartoffeln.

In einem Bericht über die Wiedereingliederung politischer Häftlinge wurde notiert:

»Er hat in Bonn schon die verschiedensten Stellen aufgesucht, unter anderem auch das Ministerium für Gesamtdeutsche Fragen (persönliche Rücksprache mit Herrn Minister Mende) und das Ministerium für Flüchtlinge und Vertriebene. Im allgemeinen wußte, trotz der Bereitwilligkeit zu helfen, niemand genau, wie diese Angelegenheit zu behandeln sei. Er wurde von einer Dienststelle an die andere verwiesen. Der eine Sachbearbeiter wußte nicht recht Bescheid, bei anderen Stellen war der Sachbearbeiter auf Urlaub und dergleichen. Keine einzige Stelle trat an Herrn H. heran. Seit dem 31.8. laufen Anträge beim Sozialamt. Für die Zeit vom 14.8. bis 31.8. erhielt er keinerlei finanzielle Unterstützung, z. B. in Form von Krankengeld oder Arbeitslosenunterstützung. Ab 1.9. bezieht er eine Sozialunterstützung von DM 139,20 monatlich. Er wohnt äußerst primitiv in einem Übergangswohnheim. Die Miete dafür wird vom Sozialamt bezahlt. Für die Anschaffung von Hausrat erhielt er DM 100,– von Sozialamt, da er alles, von der Tasse angefangen bis zur Kehrschaufel, neu kaufen mußte. Das einzig Positive, das berichtet werden kann, ist, daß er ab dem 28.9. durch das Sozialamt zur Kur in das Allgäu verschickt wird. Hoffentlich macht in dieser Zeit die Bearbeitung seiner Angelegenheit entscheidende Fortschritte. Den einzigen Ausweg zur Verbesserung seiner finanziellen Situation sah er darin, sich schon jetzt an der Universität immatrikulieren zu lassen und ein Stipendium zu beantragen, wobei es fraglich erscheint, ob sein Gesundheitszustand schon jetzt eine Aufnahme des Studiums zuläßt.«

Er fuhr zur Kur in die Berge nach Oberstdorf in ein evangelisches Hospiz. Nach der Kur, im Oktober, nahm er das Studium der Volkswirtschaft und Soziologie auf.

Er wurde als politischer Häftling anerkannt und erhielt vom Bundesgesundheitsamt eine monatliche Beschädigtenrente von achthundert Mark.

Wenn Roland ihn besuchte, redeten sie bis in den Abend.

Roland gab ihm einen Brief und sagte, »Der Brief wurde 1950 im FDP-Büro anonym abgegeben.«

Er las:

»Sehr geehrter Herr Täschner,

zu Ihrem Dienstantritt als Generalsekretär der LDP sage ich Ihnen meinen herzlichsten Glückwunsch.

Sie können überzeugt sein, daß dieser Glückwunsch aus ganzem Herzen kommt. Endlich haben Sie doch den Platz, der Ihren Fähigkeiten entspricht.

Nun wird es doch nicht mehr lange dauern, und dank Ihrer Intrigantenfähigkeit werden bald die letzten anständigen Menschen genau das gleiche Los erfahren wie die Jugendlichen aus Sachsen.

Nicht nur einer läßt Sie grüßen, Sie und Ihre gemeine Handlungstätigkeit sind noch nicht vergessen.

Die Welt in den Zellen ist klein, da gibt es keine ablenkenden Bilder. Mit großen Buchstaben stehen die Namen der Verräter an den Wänden und Ihrer an erster Stelle. Sie brauchen sich also in Berlin nicht so allein zu fühlen, der ›Club der Eingekerkerten‹ ist immer bei Ihnen.

Gott segne den Tag, an dem wir vor Gericht stehen.

Berlin Mitte 66

Taubenstraße«

Er sagte, »Täschner und Kraner waren Kriegskameraden. Kraner dachte, Täschner sei sein Freund. Darum stimmte er zu, als Täschner ihn bat, ihm die schriftlichen Nachrichten zur Einsicht zu geben. Kraner gab auch die Namen der Gruppe, Täschner hatte gesagt, das sei für eine Alarmstaffel, für den Fall einer Verhaftung.

Täschner übergab die Namen und die schriftlichen Nachrichten dem NKWD. Dort wurden sie wohl fotokopiert. Denn am Tage des Tribunals wurden uns die Schriftstücke vorgelegt.«

Roland sagte, »Und Täschner machte nach deiner Verhaftung unbehelligt weiter. Er war Bezirks-, dann Kreissekretär. 1949 bis 1950 Generalsekretär des LDPD-Landesverbandes Sachsen, Generalsekretär im Landesverband Berlin und dann bis 1954 Abgeordneter der Volkskammer. Er wandelte die LDP in eine marxistisch-leninistische Partei um.«

Er sagte, »Ich werde den Brief aufheben.«

Roland kannte seinen Bruder, der wollte nicht weiter darüber reden.

Roland redete darum von seiner Frau. Von seiner Arbeit. Von dem Ort, in dem er wohnte. Von seinen Alltäglichkeiten, von denen er sich wünschte, daß sie auch die seines Bruders werden würden.

Christa schickte ihm aus Berlin einen Brief nach.

Er las den Absender:

Ernst Lemmer, Bundesminister.

»Sehr geehrter Herr Hübner,

weil ich aus Gründen, die gerade Ihnen vermutlich bekannt sind, Sie nach dem schweren Erdulden in sowjetzonaler Haft nicht in der Öffentlichkeit begrüßen will, darf ich auf diesem Wege Ihnen ein herzliches Willkommen in der Freiheit und Heimat zurufen.

Mir ist es ein Bedürfnis, gerade meinen Berliner Mitbürgern, die für die Sache der Freiheit solche großen Opfer gebracht haben, Ihnen also in herzlicher Verbundenheit die Hand zu drücken.

Sie können davon überzeugt sein, daß alle politischen Organe, Institutionen und Parteien im freien Teil unserer deutschen Heimat Sie mit Ihrem so harten Schicksal keinen Augenblick vergessen haben.

Ihre Rückkehr in die Freiheit dürfte nicht zuletzt darauf zurückzuführen sein, daß wir Ihnen während der schweren Haftzeit verbunden blieben und nicht gleichgültig geblieben sind.

Ich habe den aufrichtigen Wunsch, daß es Ihnen schnell gelingen möge, sich wieder in den geordneten Verhältnissen eines neuen Lebens zurechtzufinden.

Sollten Sie Rat brauchen, so würde ich Ihnen empfehlen, sich mit diesem Brief an meine Berliner Amtsstelle zu wenden (Bundesministerium für Vertriebene, Flüchtlinge und Kriegsgeschädigte – Ministerialdirigent Senteck, Berlin W 15, Bundeallee 216–218, Bundeshaus).

Mit recht herzlichen Grüßen bin ich Ihr«

Er traf Wolfgang Mischnick und Thomas Dehler und Erich Mende.

Mischnick lud ihn zum Essen ein, schrieb ein paar Briefe. So an den Arbeits- und Sozialminister des Landes Nordrhein-Westfalen mit der Bitte, die Behörden anzuweisen, die Anliegen und Ansprüche eines seiner engsten politischen Freunde aus der Dresdner Heimatstadt wohlwollend und beschleunigt zu behandeln.

Dehler freute sich, ihn endlich persönlich kennenzulernen.

Mende sagte zu ihm, das hätte er auch einfacher haben können.

Warum er nicht zu seinem persönlichen Vorteil Kompromisse eingegangen sei und sich zu Spitzeldiensten verpflichtet hätte. Dann wäre er schneller rausgekommen, hätte es erzählt, und die Sache wäre erledigt gewesen.

Es ist Sommer.

Auf der Terrasse hinter dem Haus ein Tisch, zum Kaffee gedeckt. Es gibt Kuchen, gebacken von seiner Frau.

Der Garten steht voller Blumen, der Rasen ist gepflegt, die Rosen blühen trotz langer Trockenzeit. Sieben Gießkannen stehen aneinandergereiht neben der Terrassentür an der Hauswand.

Es ist heiß.

Sie sagt, »Den Garten macht er. Und wenn er im Garten nichts zu tun hat, geht er spazieren.«

Wenn er spazierengeht, durchquert er zuerst den Friedhof vor dem Haus. Blickt immer in die linke hintere Ecke.

Dort wurde Christa begraben. Gestorben ist sie 1976. Fast dreißig Jahre hat Christa ihren Mann Werner überlebt. Hat sich nie mehr gebunden.

Vom Friedhof biegt er, wenn er spazierengeht, in den Wald. Früher lief er drei Stunden. Jetzt nur noch eineinhalb.

Er kennt jeden Weg in der Gegend. Er liebt sie. Und auch die Legende.

Er sagt, »Hinter Hügeln lag einstmals eine Stadt. Die Hügel stauten den Rhein. Die Stadt bekam kein Wasser.

Die Bürger beauftragten sieben Riesen, den Rhein zu befreien. Als die Riesen mit der Arbeit fertig waren, säuberten sie ihre Spaten. So entstanden sieben Hügel.«

Er läuft zügig, wenn er spazierengeht. Manchmal bleibt er vor einer Pflanze stehen, beobachtet Schmetterlinge. Im Garten steht ein Schmetterlingsbaum.

Er sagt, »In Bautzen mußten wir Gummimatten in Streifen schneiden. In die Streifen wurden später Löcher gestanzt. Die Steifen dienten als Riemen für Schuhe. Im Sommer durften wir die Gummimatten manchmal im Gefängnishof zerschneiden. Die Sonne schien. Schmetterlinge flogen herbei. Das war schön.«

Es sind immer wieder diese Geschichten. Sie lassen ihn nicht los.

Er sagt, »Die Anstaltsleitung setzte Spitzel auf die Spitzel an. Das Mißtrauen war allgegenwärtig. Die Spitzel erfuhren zuwenig, um sich eine Strafminderung erkaufen zu können, und so logen sie das Blaue vom Himmel herunter. Keil war besonders einfallsreich.«

Er sagt, »Keil hat die Flugblätter der Stasi übergeben. Das habe ich einkalkuliert.«

Er streicht sich mit der Hand über den Kopf.

Er sagt, »Du bist isoliert und sollst aus den Dingen, die um dich herum vorgehen, klarsehen. Es war kompliziert und verwirrend. Ich wußte, die lassen mich verrecken. Ich sagte mir, von denen drüben hast du wenig zu erwarten. Du mußt ein Zeichen setzen, ein Signal an die Bundesrepublik, damit sie dort endlich aufwachen. Also provozierte ich einen Prozeß. Und wie konnte ich provozieren? Indem ich ihr System direkt angriff. Ich schrieb kleine Zettelchen, Hetzparolen, wie der Richter sagte. Gab die dem Keil in die Hand. Er sollte sie am

17. Juni werfen. Im Grunde ahnte ich, er würde sie dem MfS geben.

Wenn er die Zettel geworfen hätte, hätten sie mich auch gehabt. Ich war so oder so geliefert. Meine Hoffnung war, vielleicht sickerte ja auch was raus. Nach drüben.«

Er hat sie ertragen, die Erschütterung, als das Leben in tausend Stücke zerbrach. Als er aus seinem Leben vertrieben wurde. Jäh.

Als er rauskam, war er fast die Hälfte seines Lebens drinnen gewesen. Als Politischer.

Danach ist er losgelaufen. Beharrlich. Ruhig. So bereiste er auch die Welt. Alles macht er, als sei es das erste Mal. Als sei es das letzte Mal. Unerschütterlich bis heute.

Über die Terrasse schlängelt sich eine Blindschleiche.

Er sagt, »Anguis fragilis.«

Er sagt es, als meine er die Menschen.

Er sagt, »Mit Mende sprach ich nie wieder. Das DDR-Urteil von 1963 wurde von der Bundesrepublik als unrechtmäßig aufgehoben. Von der Rehabilitierung durch die Russen 1995 erfuhr ich erst, als ein Mitarbeiter einer der sächsischen Gedenkstätten einen Antrag auf Akteneinsicht in Moskau stellte. Das war im Jahr 2001.«

Er sagt, »Vielleicht hätte ich mir mehr Hoffnungen gemacht, hätte ich von den Vorgängen gewußt. Von den Annäherungen zwischen FDP und LDPD. Von den inoffiziellen Reisen von FDP-Mitgliedern in den Osten und von inoffiziellen Gesprächen. Sie nannten es Kontaktpolitik.«

Er greift nach ein paar Nüssen. Seine Frau nippt an einem Glas Likör.

Er sagt, »Freigekauft für Medikamente im Wert von 40 000 DM. Hatte ich immer geglaubt. Kürzlich habe ich erfahren, freigekauft für Mais und Kakao.«

Er sagt, »Hat Mutter mich vom Flughafen abgeholt? Bin ich allein zu ihr in die Wohnung gefahren? Johanniterstraße, das wußte ich ja. Ich erinnere mich nicht.

Ich erinnere mich nicht an unsere erste Begegnung, das stell sich einer mal vor.«

Er schweigt eine ganze Weile.

Dann sagt er, »Täschner. Der wurde nach 54 sogar Leiter des Verlages der LDPD-eigenen ›Thüringischen Landeszeitung‹, ab 56 auch noch Leiter des GST-Verlages, von 62 bis 79 Direktor des Musikverlages ›Lied der Zeit‹ und von 63 bis 79 Vorsitzender des LDPD-Kreisverbandes Berlin-Friedrichshain. Dieser Verräter.«

Sein Blick geht in die Ferne.

Er sagt, »Keil wurde übrigens in die Bundesrepublik entlassen. Ich dachte, ich sehe nicht richtig, als ich es eines Tages in der Zeitung las. Ich dachte, jetzt spitzelt der hier.

1966 habe ich gegen Keil wegen Beihilfe zur Freiheitsberaubung, Verleumdung und Irreführung in Bonn Strafanzeige gestellt. Ich wurde zweimal von einem Mitarbeiter der Bundesstaatsanwaltschaft aufgesucht. Beim zweiten Besuch erklärte der, der Fall sei abgegeben worden. Danach habe ich nie wieder etwas gehört.

Ich habe Ruhe gegeben.«

Er sagt, »Und Ruth? Ich sah sie das letzte Mal in Brandenburg-Görden. Wir haben uns nie wiedergesehen oder gesprochen. Sie gehörte in eine andere Zeit. Dort ist sie geblieben. Ich weiß nicht einmal, ob sie noch lebt.«

Das Glück kam 1967. Im Mai. In Düsseldorf.

Es fand ein Landesparteitag der FDP statt.

Nachmittags ging er in ein Café. An einem Tisch war noch ein Platz frei. Er zog seinen Hut. Er setzte sich. Sie kamen ins Gespräch, als kennten sie sich. So lebendig. Sie merkten nicht, daß es Abend wurde.

Er sagt, »Sie hatte ein rotes Kleid an.«

Sie sagt, »Es war Liebe auf den ersten Blick.«

Verlobung im September 1967.

Er sagt, »Was macht ein junger Mensch, der inzwischen alt geworden ist. Ich habe keine Zeit gehabt. Als wir heirateten, war ich noch im Studium. Meine Beamtenlaufbahn stand in den Sternen. Das hätte keine andere mitgemacht.«

Im März 1968 haben sie geheiratet. Im selben Jahr bekamen sie eine Tochter. Die Wiege stellte er neben den Schreibtisch. Wenn er lernte, schaukelte er sie.

1969 im Oktober schloß er das Studium zum Diplomvolkswirt ab. Im Dezember fand er eine Festanstellung im Innenministerium als Mitarbeiter in der Arbeitsgruppe innerpolitische Grundsatzfragen.

Sie kauften sich einen alten gebrauchten Mercedes.

1970 legte er die Beamtenprüfung ab. Danach wurde er Oberregierungsrat.

1971 fingen sie an mit dem Bau des Hauses.

1971 wurde er Regierungsdirektor.

1974 Ministerialrat.

Mit Frau und Tochter reiste er um die Welt.

Er unterbrach die Arbeit im Bundesministerium des Inneren für drei Jahre. In dieser Zeit war er Geschäftsführer des Arbeitskreises Wirtschaft der FDP-Bundestagsfraktion.

Nach drei Jahren hatte er genug.

Er sagt, »Ich hatte keine Lust, die Zeit bis zu meinem Lebensende im Parteiapparat zu verbringen, vor allem die Verhältnisse in der Fraktion gefielen mir nicht mehr.«

Klaus Kinkel fragte ihn, was er nun machen wolle. Er wußte es noch nicht. Kinkel sagte, Brennpunkt sei Medienpolitik.

Er ging ins Innenministerium zurück. Dort blieb er bis zu seiner Pensionierung.

Er sagt, »Manchmal habe ich jetzt Alpträume. Dann bin ich im vereinten Deutschland und immer noch in Haft. An Mara Jakisch habe ich in all den Jahren nicht mehr gedacht. Erst jetzt wieder. Ich denke, jeder lebte einfach sein Leben.«

Man muß sie geschmeckt haben, diese Jahre.

Sie haben sie geschmeckt. Mara und er. In den Tagen, in denen sie die Nächte fürchteten. In den Nächten, in denen sie die Tage fürchteten. Die fremde Sprache und die Stiefelschritte, die die Exekution bringen konnten. Sie haben sie geschmeckt in der Kälte und Finsternis, der Einsamkeit, dem Verschwinden von Zellengenossen. In der Endlosigkeit.

Er sagt, »Seit Mai 1946 bin ich in dieser Partei. Ich kannte sie alle. Mende, Mischnick, Dehler, Genscher und so weiter. Kein Mensch hat auch nur einmal gefragt, von der ganzen FDP hat nicht einmal irgendeiner irgendwann gefragt, wie es war.«

Er nimmt die Hand seiner Frau.

Er sagt, »Pjat dwazet let.«

Das schriftliche Urteil des russischen Militärgerichts

hat er erst jetzt, nach über sechzig Jahren, zu lesen bekommen:

»Dietrich Gübner, geboren in Geidenau, Mitglied der LDP, mittlere Reife, ledig, gedient in der deutschen Armee von 1944 bis 1945 als Gefreiter, wurde angeklagt nach Paragraph 58-64.1 Aufgrund der Beweislage und Untersuchungsergebnisse hat das Militärgericht folgendes festgestellt:

Gübner Dietrich hat im Februar 1948 dem amerikanischen Spion Mischnick zugesagt (Material über dessen Tätigkeit wird extra behandelt), als Spion in der sowjetischen Zone tätig zu sein, und im April Beziehungen zu Kraner aufgenommen. Er hat mit ihm Nachrichten mit wirtschaftlichem und militärischem Inhalt ausgetauscht und diese Informationen nach Westberlin gebracht. Aufgrund dessen hat ihn das Gericht für schuldig erkannt nach Paragraph 58-6-Teil 1 und nach Paragraph 319-320 und verurteilt.

Gübner Dietrich wird nach Paragraph 58-6-Teil 1 die Freiheit entzogen. Er wird zu 25 Jahren Arbeitslager verurteilt, ohne Konfiszierung des Eigentums, weil er nichts besitzt.

Die Zeit der Untersuchungshaft ab dem 13. Juli 1948 wird angerechnet.

Das Beweismaterial der Spionageinformation wird bei diesem Fall belassen und antisowjetische Ausschnitte aus der Zeitung »Hamburger Echo« werden vernichtet.

Gegen dieses Urteil kann keine Berufung eingelegt werden.«

Er sagt, »Es ist noch nicht lange her, da hat einer von der Stasiunterlagenbehörde gesagt, daß der Hübner noch

Ministerialrat geworden ist, ginge nicht mit rechten Dingen zu. Der müsse Verbindungen gehabt haben. Der müsse ein ganz harter Hund gewesen sein. Die ganzen Jahre DDR-Knast hätten dem Hübner gutgetan. Die hätten den gestählt.«

Er lacht.

Sein Blick geht in die Ferne.

Es ist still.

Lange still.

DANKSAGUNG

Ich danke Dietrich Hübner, der mir seine Geschichte erzählt und vertrauensvoll seine Unterlagen und Privatkorrespondenz zur Verfügung gestellt hat.

Seiner Frau, die diese Zeitreise unverdrossen mitgemacht und keine Mühen gescheut hat.

Pfarrerin Heidrun Dörken und Pfarrer Christoph Busch aus Frankfurt am Main, die mir so überaus freundlich Auskunft erteilt und bei der Recherche zu Mara Jakisch geholfen haben, ebenso Herrn Großmann, Frau Mais und Uljana Sieber.

Herrn Pfarrer Christoph Busch für die Erlaubnis, aus seiner Trauerrede für Mara Jakisch zitieren zu dürfen.

Meiner unschätzbaren Lektorin Krista Maria Schädlich.

Die Gedichte und Verse stammen aus der Feder von Dietrich Hübner und Mara Jakisch.

GLOSSAR

BB – Blutbild
BSR – Blutsenkungsreaktion
Comecon – Council for Mutual Economic Assistance; Seit 1950 war auch die DDR Mitglied
DRK – Deutsches Rotes Kreuz
GPU – Gossudarstwennoje Politischeskoje Uprawlenije; Bezeichnung der Geheimpolizei der Sowjetunion
GST – Gesellschaft für Sport und Technik
LDP – *Liberaldemokratische Partei Deutschlands,* eine im Juli 1945 gegründete liberale Partei in der sowjetischen Besatzungszone. Ab 1948 erzwungene Integration als Blockpartei und Umbenennung zur Liberaldemokratischen Partei Deutschlands (LDPD)
LPG – Landwirtschaftliche Produktionsgenossenschaft
MfS – Ministerium für Staatssicherheit der DDR
MWD – Ministerstwo Wnutrennich Del; Russisches Ministerium für Innere Angelegenheiten
NKWD – *Narodny kommissariat wnutrennich Del* = Volkskommissariat für innere Angelegenheiten. Das NKWD, dem auch das Lagersystem des GULAG unterstand, agierte als Geheimdienst
SAG – *Sowjetische Aktiengesellschaft;* Bezeichnung für Wirtschaftsunternehmen in der SBZ/DDR
SBZ – *Sowjetische Besatzungszone*

SED – Sozialistische Einheitspartei Deutschlands
SMA – Sojwetische Militäradministration
StEG – Strafrechtsergänzungsgesetz
StPO – Strafprozeßordnung
VEB – Volkseigener Betrieb; Rechtsform der Industrie- und Dienstleistungsbetriebe in der sowjetischen Besatzungszone und später in der DDR
VP – Volkspolizei; Polizei der DDR
ZK – Zentralkomitee; eines der obersten Entscheidungsgremien des SED-Apparates

QUELLEN

ALS QUELLEN HABEN MIR GEDIENT ARBEITEN VON

Leonore Ansorg, *Politische Häftlinge im Strafvollzug der DDR,* Metropol Verlag, 2006

Willi Brundert, *Von Weimar bis heute*, Verlag für Literatur und Zeitgeschehen, 1965; *Spiegelbild deutschen Schicksals, Ein Lebensbild,* Verlag für Literatur und Zeitgeschehen, 1964

Hans Corbat, *Unserer Entwicklung steht er feindselig gegenüber* aus der Heftreihe *Lebenszeugnisse – Leidenswege,* Heft 15, Dresden 2004

Heidrun Dörken, *... an einen ehemaligen Filmstar* in *Eigentlich ein Liebesbrief,* hg. Klaus Möllering. Evangelische Verlagsanstalt, 2002

Gerhard Finn, *Die politischen Häftlinge der Sowjetzone 1945 bis 1959,* Ilmgauverlag, 1960

Karl Wilhelm Fricke, *Selbstbehauptung und Widerstand in der sowjetischen Besatzungszone Deutschlands*, Bonner Berichte aus Mitteldeutschland und Ostdeutschland, 1964

Norbert Hasse/Birgit Sack (Hg.), *Münchner Platz, Dresden,* Stiftung Sächsische Gedenkstätten + Kiepenheuer Verlag, 2001

Günter Heinisch, *Solange du lebst, lebt auch die Hoffnung noch,* aus der Heftreihe *Lebenszeugnisse – Leidenswege,* Heft 10, Dresden 2000

Helmut Leutelt, *Menschen in Menschenhand,* Paul List Verlag, 1958

Margarete Mehlhemmer, *Überleben in zwei Diktaturen,* Westkreuz Verlag, 2000

Helmar Meinel, *Junge Liberale in der Sowjetzone,* Spiegel, 7. 4. 2008

Wolfgang Mischnick, *Von Dresden nach Bonn,* Deutsche Verlags-Anstalt, 1991

Waltraut Nicolas, *Die Kraft, das Ärgste zu ertragen,* Athenäum Verlag, 1958

Dieter Rieke (Hg.), *Sozialdemokraten als Opfer im Kampf gegen die rote Diktatur.* Arbeitsmaterialien zur politischen Bildung, Bonn 1994

Ursula Roland, *Wie eine Feder im Wind,* Rowohlt Berlin, 1991

Wolfgang Schollwer, *Gesamtdeutschland ist uns Verpflichtung,* Edition Temmen, 2004

Gerd Utech, *Prägende Jahre in Potsdam und Sibirien 1945–1955,* Schriftenreihe des Berliner Landesbeauftragten für die Unterlagen des Staatssicherheitsdienstes der ehemaligen DDR, Band 17, 2003

Dr. Tobias Wunschik, *Politischer Strafvollzug und Haftanstalten der DDR.* In: Kaminsky, Annette (Hg.): Orte des Erinnerns. Gedenkzeichen, Gedenkstätten und Museen zur Diktatur in SBZ und DDR, Leipzig 2004

AUS DEM ARCHIV DER GEDENKSTÄTTE BAUTZENER STRASSE DRESDEN:

Artikel u. a. aus Stern 11/55, Heim und Welt 21/1956, Hamburger Morgenpost 2.2.1956, Welt am Sonntag 12.2.1956, Hörzu 42/56 und Briefe aus dem Nachlaß von Mara Jakisch

AUS DER BEHÖRDE BUNDESBEAUFTRAGTER FÜR DIE UNTERLAGEN DES STAATSSICHERHEITSDIENSTES DER EHEMALIGEN DEUTSCHEN DEMOKRATISCHEN REPUBLIK:

BStU, MfS, AS 1154/67 Bd. 1
BStU, MfS, AOP 1841/63 Bd. 1, G –SKS 12749, AU 2056/63
BStU, MfS, AOP 829/ 66
BStU, MfS, AOP 4218/11 Bd. 1, 2, 3
BStU, MfS, AOP 488/62 Bd. 2

AUS DEM BUNDESARCHIV IN KOBLENZ:

Bestandssignatur B197/3604, B305/292, B106/297–80, B106/22701

AUS DEM BUNDESARCHIV IN BERLIN:

Barch VBS 159/2600007811, Barch VBS 234/2703008336, VBS Barch VBS 197/2638000101

FRIEDRICH-NAUMANN-STIFTUNG FÜR DIE FREIHEIT, ARCHIV DES LIBERALISMUS:

Bestand Mischnick A 24–67

Susanne Schädlich

IMMER WIEDER DEZEMBER

Der Westen, die Stasi,
der Onkel und ich

Alles soll anders werden, als Susanne Schädlich im Dezember 1977 die DDR verlässt. Doch es ist der Beginn einer dramatischen Zerreißprobe. Die neue Heimat ist fremder als gedacht, und der lange Arm der Stasi verfolgt die Familie bis in den Westen. Dreißig Jahre später stößt sie in den Akten auf eine schlimme Wahrheit und erkennt: Geschichte vergeht nicht, sie holt einen immer wieder ein.

»Ein beeindruckendes Dokument von Niedertracht, Skrupellosigkeit und Verrat, ein Lehrbuch deutscher Nachkriegsgeschichte.«
Die Zeit

KNAUR

Susanne Schädlich

WESTWÄRTS, SO WEIT ES NUR GEHT

Eine Landsuche

»Amerika ist die Katze im Sack, das sag ich dir gleich«, hat sie gesagt, als ich sie das erste Mal traf. »Es ist nie das, was du erwartest, und immer genau das, was du erwartest.« Mir war alles recht, zerrissen, wie ich war, wie das Land, aus dem ich kam, neunzehnhundertsiebenundachtzig. Ich hatte nur eines im Sinn: weg, bloß weg, weiter nach Westen, so weit es geht, bevor es wieder Osten wird. Das habe ich ihr nicht gesagt. Amerika sollte frei sein, unberührt von dem, was vorher war. Es war ein Neuanfang.

Weggehen allein ist nicht genug

DROEMER